Klarant Verlag

Die gebürtige Ostfriesin ***Sina Jorritsma*** aus der Krummhörn studierte in Hamburg Germanistik und Philosophie, bevor sie wieder in ihre Heimat zurückkehrte. Sie veröffentlicht unter Pseudonym, weil sie ihre Umgebung genau beobachtet und Ereignisse aus ihrem Leben in ihre Geschichten einfließen. Das Romaneschreiben ist ihr kleines Geheimnis, das nur wenige Menschen kennen. Bei einer großen Kanne Ostfriesentee mit Sahne und Kluntjes kann sie halbe Nächte durchschreiben, tagsüber hält sie sich mit Joggen fit. Sina Jorritsma lebt mit ihrer Familie in einem kleinen Ort bei Emden.

Sina Jorritsma

Friesengeiz

Ostfrieslandkrimi

Klarant Verlag

Klarant Verlag, www.klarant.de – www.ostfrieslandkrimi.de
ISBN: 978-3-96586-667-6
1. Auflage 2022
Umschlagabbildung: Klarant Verlag

Printed in the EU.

Kapitel 1

Kommissarin Mona Sander von der Polizei Borkum runzelte die Stirn und fuhr sich durch ihr schulterlanges rotblondes Haar. Sie hatte ein freies und sehr entspannendes Wochenende hinter sich. Nun betrachtete sie die Post, die sich seit Freitagnachmittag auf ihrem Schreibtisch in der Polizeiwache angesammelt hatte. Größtenteils handelte es sich um Werbung, auch die Monatszeitschrift von der Gewerkschaft war dabei. Doch die Kriminalistin konzentrierte sich momentan ganz auf einen Briefumschlag, der an die »Damen und Herren von der Mordkommission« adressiert war. Die Anschrift der Dienststelle in der Strandstraße fehlte, auch eine Briefmarke suchte sie auf dem Kuvert vergeblich. Höchstwahrscheinlich war der Umschlag in den Hausbriefkasten der Wache geworfen worden. Dies stellte nicht die einzige Auffälligkeit dar. Offenbar handelte es sich um einen bereits benutzten Umschlag, denn das ursprüngliche Adressfeld sowie die Absenderangabe waren mit einem dicken Filzstift durchgestrichen worden. Man sah dem Kuvert an, dass es schon offen gewesen und mit Klebstoff verschlossen worden war. Monas Misstrauen war erwacht. Ob es sich um eine Art Briefbombe handelte? Sie wog den Umschlag in der Hand. Besonders schwer war er nicht, aber das musste nichts bedeuten. Wenn sich darin beispielsweise eine gefährliche chemische Substanz befand … es gab in der Vergangenheit Fälle, in denen Milzbranderreger oder andere tödliche Substanzen per Post verschickt worden waren. Doch wenn jemand es auf sie oder ihren Kollegen Enno Moll abgesehen hatte – wäre es dann nicht sinnvoller, die Namen der Kriminalisten auf den Umschlag zu schreiben? »Damen und Herren von der Mordkommission« war nach Ansicht der Kommissarin eine viel zu vage Umschreibung, zumal auf der kleinen Inselwache eine richtige Mordkommission gar nicht existierte. Zwar hatten der Oberkommissar und sie selbst schon etliche Tötungsdelikte aufgeklärt, aber ausschließlich im Rahmen ihres normalen Polizeidienstes. Während Mona diese Überlegungen durch den Kopf gingen, roch sie an dem Kuvert. Außer dem starken Eigengeruch des Klebers nahm sie nichts wahr. Sie griff zum Brieföffner und schlitzte den Umschlag vorsichtig auf.

Darin befand sich eine Papierserviette mit dem Aufdruck der Inselbäckerei. Auf die Rückseite hatte jemand folgende Worte geschrieben:

»Sehr geehrte Damen und Herren,
Tod durch Gewalt steht mir bevor. Henker haben viele Gesichter. Ohne Hilfe bin ich verloren. Morgen kann es zu spät sein. Alle bekommen, was sie verdienen. Schuld muss gesühnt werden. Halten Sie nach der Eule Ausschau.
Mit vorzüglicher Hochachtung, Volker Kempe.
Meine Ferienanschrift lautet: Pension *Oude Hus*, Bahnhofspfad, Borkum.«

Mona war keine Grafologin, aber ihrer Meinung nach handelte es sich um die Schreibschrift eines älteren Herrn. Diese war gut lesbar, auch wenn der Inhalt fragwürdig war – was für eine Eule konnte gemeint sein? Und – sollte man die Nachricht überhaupt ernst nehmen? Sie wollte der Sache auf jeden Fall nachgehen. Selbst wenn dieser Kempe ein gestörtes Verhältnis zur Wirklichkeit hatte, konnte an seinen Befürchtungen etwas dran sein. Die Kommissarin würde jedenfalls nicht leichtfertig eine Person zurückstoßen, die sich an die Polizei gewandt hatte. Aber warum war dieser Mann nicht persönlich auf der Wache erschienen, sondern hatte diese bizarre Notiz geschickt?

Mona stand auf und warf einen flüchtigen Blick aus dem Fenster auf die Strandstraße. Der 19. September war ein windiger, aber sonniger Montag. Man ahnte bereits den heraufziehenden Herbst, obwohl sich die Regenschauer noch in Grenzen hielten. Die Kommissarin trug Jeans und einen beigen Baumwollpullover mit Rollkragen, ihre übliche Alltagskleidung als Zivilfahnderin. Sie fragte sich, wo ihr Kollege blieb. Enno kam normalerweise niemals zu spät. Mona beschloss, ihn später anzurufen. Jetzt nahm sie erst einmal den Brief an sich und ging nach vorn ins Wachlokal. Dort schaute die junge Polizeimeisterin Grietje Smit konzentriert auf ihr Smartphone. Mona sagte: »Du weißt, dass du während der Dienstzeit nicht im Internet spielen sollst, oder? Hast du mitgekriegt, wann dieser Brief eingeworfen wurde?«

Die sommersprossige Kollegin hob zögernd den Kopf und erwiderte: »Ich war gerade dabei, den *Highscore* zu knacken. – Nee, von dem Brief hab ich nichts mitgekriegt. Ist er von einem heimlichen Verehrer? Keine Sorge, ich halte Jan gegenüber dicht!«

»Nee, ein Liebesbrief ist es nicht gerade. Sagt dir der Name Volker Kempe etwas?«

Grietje schüttelte den Kopf und fragte zurück: »Wie sieht er denn aus? Wie hast du ihn überhaupt kennengelernt? Stille Wasser sind tief, das sage ich ja immer.«

Als ob ich ein stilles Wasser wäre, dachte die Kommissarin. Sie erwiderte: »Hast du dir die Ohren nicht gewaschen? Ich werde meinen Freund nicht betrügen – und außerdem geht es in dem Brief um einen geplanten Mord.«

»Dann solltet du und dein Dienstpartner die Tat besser verhindern«, gab Grietje altklug zurück.

Wie ein Schauspieler, der auf sein Stichwort gewartet hat, betrat Oberkommissar Enno Moll in diesem Moment das Wachlokal. Er schien etwas außer Atem zu sein. Wegen seines Übergewichts neigte er zur Kurzatmigkeit.

»Da bist du ja, ich wollte dich schon auf die Vermisstenliste setzen«, scherzte Mona. Sie fuhr fort: »Wir müssen gleich wieder los, es gibt einen Einsatz für uns.« Zur Bekräftigung ihrer Worte wedelte sie mit dem Brief.

Enno trug Jeans, seine abgewetzte Lederjacke sowie ein rot-schwarz kariertes Hemd, das über seinem runden Bauch spannte. Mona holte noch ihre Windjacke, dann verließen die beiden das Gebäude.

»Das Auto brauchen wir nicht, es gibt Klärungsbedarf im *Oude Hus*«, berichtete die Kommissarin. Sie musste ihrem Kollegen nicht erklären, wo sich die günstige Frühstückspension befand. Als gebürtiger Borkumer kannte er sich auf der Insel viel besser aus als sie selbst. Außerdem war die Wirtin dieses Beherbergungsbetriebs eine Schulfreundin von ihm. Elske Fokken hatte ein gutes Verhältnis zur Polizei und war schon bei so mancher Ermittlung hilfreich gewesen. Mona erzählte Enno von dem Inhalt des Briefs.

»Ich bin jetzt schon sehr gespannt auf den Herrn Kempe«, gab er zurück.

»Warum warst du heute so spät dran?«, wollte Mona wissen. »Als ich Rufus zur Morgenrunde abgeholt habe, hast du doch schon beim Frühstück gesessen.«

Die große Dogge der Kommissarin war nämlich Dauer-Logiergast im Haus von Enno und Birte Moll, weil Monas Wohnung zu klein für das Tier war.

»Ich bin pünktlich aufgebrochen«, beteuerte Enno, »aber dann musste ich einen Streit auf der Bismarckstraße schlichten. Zwei Touristen waren drauf und dran, sich gegenseitig die Schädel einzuschlagen. Sie hatten schätzungsweise noch reichlich Restalkohol im Blut. Ich hatte meinen Dienstausweis dabei und konnte beruhigend auf sie einwirken.«

Darüber wunderte die Ermittlerin sich nicht. Enno war ein Zwei-Meter-Mann, dessen bloße Gegenwart vielen Krawallbrüdern bereits den Wind aus den Segeln nahm. Und wenn man verhindern konnte, dass eine Straftat überhaupt erst begangen wurde, war das zweifellos eine gute Sache. Mona hoffte, auch Volker Kempes von ihm befürchtete Ermordung unterbinden zu können. Sie hatte ein mulmiges Gefühl in der Magengegend, als die Kommissare wenig später das *Oude Hus* betraten. Von der Polizeistation dorthin waren es nur wenige Gehminuten. Die Pension gehörte zu den günstigsten Übernachtungsmöglichkeiten auf der Insel mit Hochseeklima. Die Zimmer in dem Rotziegel-Friesenhaus waren einfach eingerichtet, aber sauber und gemütlich. Den Ermittlern schlug der Duft von frisch gebrühtem Kaffee und gebratenen Eiern entgegen. Der Frühstücksraum befand sich vom Korridor aus gesehen auf der linken Seite. Dort saßen einige Gäste und ließen sich ihre Brötchen schmecken.

Elske Fokken kam soeben aus der Küche. Sie hielt eine große Teekanne in der Hand. Die resolute Seniorin war wie üblich mit einer rosa Kittelschürze bekleidet, die sie über Rock und Bluse trug. Sie lächelte Mona und Enno zu: »Moin, ihr beiden! Ich hoffe, dass es keinen Ärger gibt. Den kann ich an einem so schönen Morgen wirklich nicht gebrauchen!«

Die Kommissarin blickte zu ihr auf. Mona maß nur eins dreiundsechzig, während Elske fast so groß war wie Enno.

»Das wollen wir nicht hoffen«, sagte sie mit gedämpfter Stimme. »Es geht um einen deiner Gäste, einen gewissen Volker Kempe.«

Die Pensionswirtin seufzte und verdrehte die Augen – bei einer so ausgeglichenen Frau wie ihr eine auffällige Reaktion, wie Mona fand. Elske sagte: »Lasst uns in der Küche weiterreden.«

Sie ging noch kurz in den Frühstücksraum und stellte die Teekanne auf den Tisch eines älteren Paares. Dann wünschte sie guten Appetit und ging mit den Ermittlern in die Küche, wo sie die Tür schloss.

»Kempe hat ein Einzelzimmer für die Zeit vom 12. bis zum 30. September gebucht«, berichtete sie, »und er war kaum angekommen, als er mit mir über den Übernachtungspreis zu feilschen begann.«

Mona wusste, dass Elske Fokken sich mit ihrem Betrieb ganz gewiss keine goldene Nase verdiente. Nach Einschätzung der Kommissarin arbeitete die Pensionswirtin vermutlich gerade noch kostendeckend, von einem üppigen Gewinn konnte keine Rede sein. Im Gegensatz zu anderen Eilanden bot Borkum Übernachtungsmöglichkeiten auch für den kleinen Geldbeutel, und in diese Kategorie gehörte zweifellos das *Oude Hus*.

»Hat er begründet, weshalb er weniger bezahlen wollte?«, fragte Mona.

Elske antwortete: »Kempe fragte nach einem Rabatt, weil er immerhin drei Wochen lang bleibt. Das tun aber andere Gäste auch. Als Nächstes bettelte er um einen Preisnachlass bei Barzahlung. Auch das ist bei mir eigentlich nicht üblich. Schließlich ließ ich mich um zwanzig Euro herunterhandeln, damit er endlich Ruhe gibt. Daraufhin zog er ein dickes Banknotenbündel aus der Tasche und zahlte den gesamten Aufenthalt im Voraus.«

»Kannst du schätzen, wie viel Geld er bei sich hatte?«, wollte Enno wissen.

»Ein paar Tausend Euro waren es bestimmt«, lautete die Antwort, »allerdings hat er die Scheine so schnell wieder weggesteckt, dass ich es nicht mit Bestimmtheit sagen könnte.«

»Der Herr scheint also nicht gerade am Hungertuch zu nagen«, stellte Mona trocken fest. »Welches Zimmer hast du ihm denn gegeben?«

»Nummer elf«, lautete die Antwort.

Die Kommissarin schaute auf die Uhr. Es war jetzt zwanzig Minuten nach neun. Viele Urlauber saßen bereits beim Frühstück, um einen möglichst großen Teil des Tages am Strand oder in den weitläufigen Naturschutzgebieten der Insel genießen zu können. Sie fragte: »Ist Kempe schon aufgestanden?«

»Jedenfalls hat er sein Zimmer noch nicht verlassen. – Was wollt ihr denn eigentlich von ihm?«, erwiderte die Pensionswirtin.

»Zunächst einmal möchten wir nur mit ihm reden. – Du hast uns jedenfalls schon einen gewissen Eindruck von ihm vermitteln können«, sagte die Kommissarin. *Und zwar keinen positiven*, fügte sie in Gedanken hinzu.

Die Ermittler verließen die Küche und gingen gemeinsam mit Elske Fokken zu dem Zimmer, das sich am Ende des Korridors befand. Mona klopfte an die Tür.

»Moin, Herr Kempe. Hier ist Kommissarin Sander von der Polizei Borkum. Es geht um den Brief, den Sie uns geschickt haben.«

Aus dem Inneren des Raums war nichts zu hören. Nach einer kurzen Pause wummerte Enno mit seiner großen Faust gegen das Holz. Mona wäre bei einem solchen Krach aus dem Bett gefallen, aber Kempe rührte sich immer noch nicht. Ihre negative Vorahnung wurde stärker. Sie wandte sich an die Pensionswirtin: »Elske, da stimmt etwas nicht. Schließt du bitte für uns auf?«

Die Frau nickte und versuchte es mit ihrem Generalschlüssel.

»Es funktioniert nicht, der Gast muss seinen Schlüssel innen stecken gelassen haben«, sagte sie. Nach einigem Gestocher fiel der Schlüssel auf der anderen Seite der Tür zu Boden, und Elske Fokken konnte aufschließen.

»Oh, Gott!«, stieß sie hervor, als die Tür aufschwang.

Mona konnte diese Reaktion verstehen. Ein Mann in den Siebzigern lag auf dem Boden. Er war vollständig bekleidet und lebte offensichtlich nicht mehr.

Kapitel 2

Enno trat vor Elske Fokken, sodass er ihr mit seinem breiten Kreuz die Sicht versperrte.

»Wir danken dir für deine Hilfe, aber du kümmerst dich jetzt besser wieder um deine anderen Gäste. Wir kommen auf dich zu, falls wir noch etwas wissen müssen.«

»Ja, das ist wohl wirklich besser«, hörte Mona die Pensionswirtin sagen.

Die Kommissarin hatte sich neben Kempe gekniet und tastete nach seiner Halsschlagader. Er lebte nicht mehr, daran gab es keinen Zweifel. Es fragte sich nur, ob er durch Fremdeinwirkung gestorben war. Eine äußere Verletzung konnte sie nicht entdecken, auch Spuren eines Kampfes suchte sie vergeblich. Der leblose Körper steckte in einer unmodischen Anzughose mit Hosenträgern, das Hemd des Mannes wirkte fadenscheinig. Es war Bekleidung, wie man sie in einem Laden für Gebrauchttextilien oder einem Sozialkaufhaus fand. Die linke Socke war gestopft worden. Das konnte Mona erkennen, weil Kempe seine Schuhe ausgezogen hatte. Sie standen ordentlich nebeneinander vor dem Bett. Eine Kapuzenjacke hing am Kleiderhaken, der an der Innenseite der Tür angebracht war. Enno holte sein Smartphone aus der Tasche.

»Rufst du einen Arzt?«, wollte sie wissen.

Er nickte. Ein Mediziner musste die Todesursache feststellen und den Totenschein ausstellen, außerdem würde es eine offizielle Obduktion im gerichtsmedizinischen Institut Oldenburg geben. Auf der Insel bestand dafür keine Möglichkeit. Mona schaute sich im Zimmer um. Kempe hatte Ordnung gehalten, wie die Kommissarin nach einem Blick in den Kleiderschrank feststellte. Dort gab es nur wenige Habseligkeiten. Die Wäschestücke waren ordentlich gefaltet in die Fächer sortiert worden. Ein Smartphone oder ein Notebook konnte sie nirgendwo entdecken. Und es gab noch etwas anderes, das fehlte. Mona schaute in den Taschen der Jacke, unter der Matratze und in allen anderen üblichen Verstecken nach. Dann sagte sie: »Das Geld ist weg.«

»Du sprichst von dem größeren Betrag, den Elske erwähnte?«

»Richtig, Enno. Ich habe eine Brieftasche entdeckt, sie enthält allerdings keine Banknoten. Immerhin scheint Volker Kempe der echte Name des Toten zu sein. Hier ist ein Personalausweis, ausgestellt auf einen gewissen Volker Wilhelm Kempe, wohnhaft in Hamburg. Die Krankenkassenkarte und die EC-Karte tragen denselben Namen.«

»Konntest du Hinweise auf Angehörige finden?«, wollte Enno wissen.

»Nein. In der äußeren linken Jackentasche steckte ein Kugelschreiber, damit könnte er den Brief geschrieben haben. Aber wo ist der Kleber, mit dem er den Umschlag verschlossen hat?«

Die Kommissare hatten natürlich Latexhandschuhe übergezogen, während sie sich im Zimmer umschauten. Enno nahm das Fenster genau unter die Lupe: »Es ist unwahrscheinlich, dass jemand auf diesem Weg hier eingedrungen ist. Man kann das Doppelfenster zwar von außen aufdrücken, dadurch würden aber Spuren entstehen. Und draußen ist ein Blumenbeet. Der Einbrecher hätte wahrscheinlich dunkle Erde an den Sohlen gehabt. Außerdem müsste er draußen Spuren hinterlassen haben, das sollten wir noch überprüfen.«

»Ich gehe von Gift als Mordwaffe aus«, vermutete Mona.

Bevor sie weitersprechen konnte, traf Dr. Siemers ein. Der junge glatzköpfige Mediziner war oft als Notarzt auf der Insel im Einsatz. Die Ermittler hatten beruflich schon oft mit ihm zu tun gehabt. Er nickte ihnen zu: »Moin, Frau Sander, Moin, Herr Moll. – Es ist schade, dass wir uns immer nur unter so misslichen Umständen treffen.«

»Das kann man wohl sagen«, murmelte die Kommissarin. Sie war in Gedanken immer noch bei dem Brief. Was konnte Kempe veranlasst haben, auf diese Weise um Hilfe zu bitten? Warum hatte er die Wache nicht einfach betreten? Die Polizeistation war rund um die Uhr besetzt, auch am Wochenende. Sicher, Mona und Enno hatten am Samstag und Sonntag dienstfrei gehabt, aber das lag nur an den zahlreichen Überstunden, die sie irgendwann einmal abbummeln mussten. Und der Chef hätte gewiss keine Hemmungen gehabt, die beiden zur Verhinderung eines möglichen Mordes privat anzurufen.

Die Kommissare traten zur Seite, während der Arzt mit der Untersuchung begann.

»Falls deine Vermutung mit dem Gifttod stimmt, müssen wir herausfinden, wann und mit wem Kempe zusammen gewesen ist«, sagte Enno leise. »Jemand muss ihm die Substanz verabreicht haben.«

»Und gemäß seinem Brief hat er einige Personen gekannt, die es auf ihn abgesehen hatten«, ergänzte Mona. Sie fuhr fort: »Wenn wir diesen Kreis an Verdächtigen eingrenzen können, sind wir schon ein großes Stück weiter.«

Dr. Siemers benötigte nicht lange für eine erste Sichtung des Toten. Er sagte: »Was den Zustand der Haut und die Körpertemperatur angeht, so würde ich den Todeszeitpunkt zwischen zweiundzwanzig Uhr am gestrigen Abend und fünf Uhr am heutigen Morgen eingrenzen. Die Obduktion wird gewiss noch ein engeres Zeitfenster ergeben. – Vielleicht ist der Tod durch Vergiftung eingetreten. Sehen Sie hier, diese unspezifische Einstichstelle.«

Der Mediziner unterstrich seine Worte, indem er Kempes linken Hemdärmel hochschob. Knapp oberhalb des Ellenbogens erblickten die Kommissare eine gerötete Stelle, an der sich das Opfer scheinbar auch gekratzt hatte.

»Ich hätte dies für einen Befall durch eine Zecke oder den Stich durch eine Pferdebremse gehalten«, meinte Enno.

»Vielleicht ist es das ja auch«, erwiderte Dr. Siemers. »Eine andere äußere Verletzung habe ich auf Anhieb nicht gefunden. Zur Todesursache kann ich leider diesmal nichts Genaues sagen, da müssen Sie wohl auf das Ergebnis der Leichenschau warten.«

Dafür hatten die Ermittler Verständnis. Bei zurückliegenden Fällen war das Opfer erstochen oder erschossen worden, da gab es wenig Spielraum für Varianten. Kempe hingegen konnte auch eines natürlichen Todes gestorben sein, obwohl dies der Kommissarin unwahrscheinlich vorkam. Der Arzt stellte einen vorläufigen Totenschein aus und verabschiedete sich. Mona nahm telefonisch mit einem Bestatter Kontakt auf, damit er die Leiche abholte und zur Obduktion aufs Festland schaffte. Enno forderte ein Team der Spurensicherung an, um das Zimmer zu durchsuchen. Während die Kommissare warteten, sprachen sie weiter über den Fall.

»Wir müssen zunächst die Familie verständigen«, bestimmte der Oberkommissar. »Einen Ehering habe ich bei dem Opfer nicht bemerkt, andere Verwandte können aber durchaus vorhanden sein.«

»Es kommt mir unwahrscheinlich vor, dass er eine Freundin oder Lebensgefährtin hatte«, sagte Mona, »denn Kempe hat ja ein Einzelzimmer gebucht. – Auf Elskes Augen ist doch Verlass, oder?«

»Ich kenne sie als eine gute Beobachterin. – Du fragst nach, weil sie diese größere Geldsumme gesehen hat, nicht wahr?«

»Ganz genau, Enno! Ich bezweifle ihre Aussage überhaupt nicht. Aber wenn das so war, dann müssen wir herausfinden, wo die vielen Banknoten zwischen dem 12. September und dem heutigen Tag abgeblieben sind. – Ausgegeben wird Kempe sie nicht haben, er war offenbar krankhaft geizig!«

»Du vermutest, dass sein Tod etwas mit dem Verschwinden des Geldes zu tun hat, Mona? Ja, das ist eine plausible Erklärung. – Kempe verfügte über eine größere Summe Bargeld, obwohl man ihn von seiner Erscheinung her für einen armen Schlucker halten könnte. Also muss der Mörder gewusst oder geahnt haben, dass es bei Kempe etwas zu holen gab. Und es muss ihm gelungen sein, das Opfer unauffällig zu vergiften. Wenn Kempe gewusst hätte, dass die Substanz schon in seinem Körper ist, dann wäre er doch zum Arzt oder ins Krankenhaus gegangen. – Übrigens ist seine Krankenkassenkarte von einer privaten Krankenversicherung. Also war er entweder im öffentlichen Dienst oder in einer höheren Einkommensklasse.«

»Der Tote scheint eine bemerkenswerte Persönlichkeit gewesen zu sein«, vermutete der Ostfriese. »Zeig mir bitte mal diesen Brief, du hast mich neugierig gemacht.«

Mona hatte das Schreiben sowie den Umschlag immer noch bei sich. Sie reichte ihrem Kollegen beides, und Enno setzte seine Brille auf.

»Kempe besaß keinen Schreibblock, also hat er eine Papierserviette vom Inselbäcker genommen«, stellte er fest. »Das wundert mich nicht, denn diese liegen dort auf dem Verkaufstresen herum. Man kann sich eine nehmen, ohne etwas zu kaufen.«

»Was ja zu einem Geizhals passen würde«, ergänzte die Ermittlerin.

»Ganz genau«, sagte Enno, »aber woher hat er den Briefumschlag? Dieser wurde offensichtlich wiederverwertet. Und Klebstoff steht beim Bäcker auch nicht einfach herum.«

Natürlich hatte der Oberkommissar ebenfalls bemerkt, dass das Kuvert erneut mit Kleber verschlossen worden war. Mona versuchte, sich in Kempe hineinzuversetzen.

»Briefumschläge kannst du auf Borkum in jedem öffentlichen Abfallbehälter finden«, dachte sie laut nach, »und Klebstoff muss man nicht unbedingt kaufen. Wenn ich ein Kuvert gratis verschließen wollte, würde ich in einen der Souvenirläden gehen und fragen, ob man mir etwas Kleber zur Verfügung stellen kann.«

Während sie mit ihrem Kollegen sprach, machte die Kommissarin einige Fotos von Kempes Gesicht sowie von der Einstichstelle am Arm. Die Ermittler beschlossen, später eine Runde durch die Andenkenshops in der nahe gelegenen Franz-Habich-Straße zu drehen. Die Wahrscheinlichkeit, dass Kempe einen davon aufgesucht hatte, war groß. Vielleicht war er ja in Begleitung gewesen – oder dem Personal war etwas anderes an ihm aufgefallen. Es dauerte noch eine Weile, bis der Bestatter und sein Assistent die Leiche abholten. Wenig später trafen die Kriminaltechniker ein, und die Kommissare konnten sich vom Fundort des Toten entfernen.

»Jetzt haben wir das schwerste Stück Arbeit vor uns«, prophezeite der Ostfriese.

»Du meinst, dass wir den Chef davon überzeugen müssen, dass überhaupt ein Verbrechen geschehen ist?«, vergewisserte Mona sich.

Enno nickte. Und tatsächlich schien der Dienststellenleiter Hauptkommissar Hinrich Oltbeck keineswegs an eine Fremdeinwirkung zu glauben, als die beiden ihm Bericht erstatteten. Sie saßen auf den Besucherstühlen in seinem Büro. Der Chef schüttelte langanhaltend seinen kahlen Kopf, als ob er es mit besonders uneinsichtigen Kindern zu tun hätte.

»Ich weiß wirklich nicht, warum Sie aus dem tragischen Tod dieses einsamen alten Mannes ein Verbrechen konstruieren wollen, Frau Sander und Herr Moll. – Es ist ja nicht so, dass Sie zu wenig andere Aufgaben zu erledigen hätten.«

»Das ist uns bekannt«, erwiderte Mona mit erzwungener Ruhe, denn Oltbeck ging ihr bereits jetzt auf den Wecker, »aber wir haben den Anfangsverdacht einer Straftat. Das Opfer verfügte über eine größere Bargeldmenge, die spurlos verschwunden ist.«

Der Stimme des Hauptkommissars war seine Skepsis anzuhören: »Steht denn fest, dass dieses Banknotenbündel wirklich existiert? Sie stützen sich dabei auf Frau Fokkens Aussage. Ich will der Dame ja nicht zu nahe treten, aber die Jüngste ist sie nicht mehr.«

»Elske Fokken ist alt, aber nicht verkalkt!«, fauchte Mona. »Und was ist mit dem Brief, von dem ich Ihnen erzählt habe? Glauben Sie, das Opfer hat ihn aus Langeweile verfasst?«

Oltbeck blieb stur: »Dieses merkwürdige Schreiben ist für mich eher ein Hinweis auf den geistigen Zustand des Verfassers als auf eine reale Straftat.«

Mona gab Kontra: »Sind Sie neuerdings auch Psychiater? – Volker Kempe mag verschroben gewesen sein, aber das fehlende Geld lässt sich nicht wegdiskutieren. Und was ist mit dieser Einstichstelle an seinem Arm?«

Die Kommissarin erhob sich von ihrem Stuhl und zeigte dem Chef das Foto, das sie mit ihrem Smartphone gemacht hatte.

»Mir gefällt Ihr Ton nicht, Frau Sander«, schnarrte Oltbeck, »und was diese Minimalverletzung angeht: Ich selbst habe vergleichbare Insekteneinstiche an verschiedenen Körperteilen.«

So genau will ich es gar nicht wissen, dachte Mona. Sie fragte: »Also sollen wir nichts unternehmen, nur weil Kempe einen seltsamen Brief geschrieben hat? Ein mögliches Verfahren wegen Strafvereitelung im Amt schreckt Sie also nicht?«

Bevor beim Chef endgültig die Sicherungen durchbrannten, rettete Enno die Situation: »Dr. Siemers konnte sich nicht festlegen, was die Todesursache angeht. Da er eine Obduktion angeordnet hat, wird sich schon bald herausstellen, ob Volker Kempe einem Verbrechen zum Opfer fiel oder nicht.«

»Na schön«, knurrte Oltbeck, »dann finden Sie in Gottes Namen heraus, was mit dem Geld passiert ist, obwohl ich dies für Zeitverschwendung halte. – Aber vernachlässigen Sie Ihre anderen Verpflichtungen nicht, haben wir uns verstanden?«

Mona schaffte es diesmal, ihren Schnabel zu halten. Sie explodierte erst, als die beiden in ihrem eigenen Büro die Tür hinter sich geschlossen hatten: »Was für eine Laus ist Oltbeck denn über die Glatze gelaufen? Was für eine Unverschämtheit, Elske mangelnde Beobachtungsgabe zu unterstellen! Man sollte ihn glatt wegen Altersdiskriminierung anschwärzen!«

»Er leidet eben unter Mangel an Fantasie, das wird sich nicht mehr ändern«, gab Enno gleichmütig zurück.

Mona wusste, dass ihr Kollege im Grunde recht hatte. Wenn eine Ermittlung unkonventionelles Denken erforderte, schreckte der Vorgesetzte sofort zurück und nahm Zuflucht bei den Dienstvorschriften. Daran würde sie sich wohl nie gewöhnen. Sie schaltete seufzend ihren PC an und ließ den Namen Volker Kempe zunächst gewohnheitsmäßig durch die polizeilichen Datenbanken laufen. »Kempe ist noch nie als Tatverdächtiger oder Täter in Erscheinung getreten, und er ist auch nicht aus einer Nervenklinik getürmt. Das wird den Chef schon mal beruhigen!«

»Reg dich bitte ab, Oltbeck kann eben nicht aus seiner Haut«, gab der Ostfriese schmunzelnd zurück. Er fuhr fort: »Laut Hamburger Einwohnermelderegister wohnte Volker Kempe mit einem gewissen Ansgar Kempe zusammen. – Den rufe ich jetzt gleich mal an.«

Mit diesen Worten griff er zum Telefonhörer. Da der Lautsprecher eingeschaltet war, konnte Mona den Wortwechsel mithören.

»Kempe.«

»Moin, ich bin Oberkommissar Moll von der Polizei Borkum. Spreche ich mit Herrn Ansgar Kempe?«

»Ja, in der Tat. Worum geht es?«

»Leider muss ich Ihnen mitteilen, dass Volker Kempe nicht mehr lebt. Darf ich fragen, in welchem Verhältnis Sie zu ihm standen?«

Einen Moment lang herrschte Stille. Ansgar Kempes Stimme klang gepresst, als er antwortete: »Volker ist … war mein Bruder. – Können Sie mir mitteilen, was geschehen ist?«

»Die Todesumstände sind momentan noch unklar, wir haben mit der Untersuchung bereits begonnen. – Ist es möglich, dass Ihr Bruder eine größere Bargeldmenge bei sich hatte?«

»Das ist nicht nur möglich, sondern sogar wahrscheinlich, Herr Moll. Volker vertraute den Banken nicht. Er war ein … eigensinniger Charakter.«

»Kennen Sie den Grund für seine Reise nach Borkum?«, wollte Enno wissen.

»Ich habe bedauerlicherweise nicht die geringste Ahnung. – Wahrscheinlich ist es am besten, wenn ich zu Ihnen komme und wir diese Dinge persönlich besprechen. Am Telefon möchte ich nicht darüber reden. Die Insel verfügt doch über einen Flugplatz, nicht wahr?«

»So ist es.«

»Wahrscheinlich kann ich noch heute bei Ihnen erscheinen. – Sie sind offenbar Polizeibeamter. Kann ich also davon ausgehen, dass Volker einem Verbrechen zum Opfer gefallen ist?«

»Wir rechnen auch mit dieser Möglichkeit«, gab Enno diplomatisch zurück und nannte dem Bruder des Toten die Adresse der Polizeistation. Dann beendete er das Telefonat und sagte zu Mona: »Ansgar Kempe wird uns gewiss wertvolle Informationen über den Toten geben können.«

»Da höre ich wieder deine unerschütterliche Zuversicht heraus«, meinte die Kommissarin augenzwinkernd. Sie fragte: »Gehen wir jetzt auf die Jagd nach dem geheimnisvollen Kleber-Spender?«

Der Ostfriese nickte lachend. Die Ermittler verließen die Wache und gingen am Inselbahnhof vorbei auf die Franz-Habich-Straße zu, die unmittelbar hinter den Gleisen begann. Dieser Straßenzug war als Fußgängerzone ausgelegt, es gab außer dem *Knurrhahn* – wo die Kommissare meist ihre Mittagspause verbrachten – noch etliche andere Gastronomiebetriebe sowie Textil- und Andenkenläden. Die Zivilfahnder waren dort überall bekannt, da eine ihrer üblichen Hauptaufgaben in der Verhinderung und Verfolgung von Taschendiebstählen bestand. Dabei arbeiteten sie mit den Geschäftsinhabern eng zusammen. Mona zeigte überall die Fotos, die sie vom Gesicht des Toten gemacht hatte. Es dauerte eine Weile, bis eine Verkäuferin stutzig wurde: »Ja, diesen Mann habe ich am Donnerstag oder Freitag voriger Woche gesehen. Er fragte mich ganz höflich nach Klebstoff für seinen Briefumschlag. Ich hatte eine Tube zur Hand, die ich ihm gab. Der Alte tat mir leid, aber so richtig geärgert habe ich mich über seine Betreuerin.«

Die Kommissarin horchte auf: »Also war eine Frau bei ihm?«

»Ja, Mona. Und sie war ganz gewiss nicht seine Ehefrau. Vom Alter her hätte sie vielleicht seine Tochter sein können. Aber würde sie ihren Vater so ärmlich herumlaufen lassen, während sie selbst elegant gekleidet war? Das kann und will ich mir nicht vorstellen.«

Die Ermittlerin wusste, dass die Beschäftigten im Einzelhandel und in der Gastronomie oft gute Beobachter waren und deshalb brauchbare Zeugen abgaben. Sie fragte: »Kannst du diese Frau genauer beschreiben?«

»Sie war ungefähr so alt wie du, aber etwas größer. Ihr dunkelbraunes Haar trug sie hochgesteckt, und sie war stark geschminkt. Ihre Figur würde ich als schlank bezeichnen, sie hatte einen lachsfarbenen Hosenanzug und eine weiße Seidenbluse an. – Die beiden passten wirklich überhaupt nicht zueinander. Und es schien ihr peinlich zu sein, in Gegenwart dieses Mannes gesehen zu werden.«

Enno schaltete sich ein: »Hast du diese Person schon öfter gesehen? Kam sie vielleicht mal allein in den Laden?«

»Nein, das denke ich nicht. Das hätte ich mir gemerkt. Aber an eine Sache kann ich mich noch erinnern: Der ältere Herr war nicht so ganz fix damit, das Kuvert zuzukleben. Da sagte sie: ›Können Sie sich nicht beeilen? Wir haben noch einiges vor.‹ – Ich hätte am liebsten einen Kommentar abgegeben, aber man sollte Kunden gegenüber höflich sein. Obwohl diese beiden gar nichts gekauft haben.«

Wenn die Frau Kempe gesiezt hatte, dann stand sie wahrscheinlich in keinem persönlichen Verhältnis zu ihm. Ob die Unbekannte im Hosenanzug auch in der Pension *Oude Hus* erschienen war? Mona beschloss, dies zu überprüfen. Allerdings war sie sicher, dass Elske Fokken diese Frau im Zusammenhang mit Kempe gewiss erwähnt hätte. Und – was genau hatte die Dunkelhaarige mit dem Alten »vorgehabt«? Immerhin gab es nun eine erste Spur, der die Kommissare nachgehen konnten.

»Rufst du mich bitte sofort an, wenn du diese Hosenanzug-Dame noch einmal siehst? Meine Handynummer hast du ja.«

Mit diesen Worten verabschiedete sich die Kommissarin von der Verkäuferin, und auch Enno wünschte ihr einen schönen Tag. Als die beiden wieder auf der Straße standen, warf der Ostfriese einen sehnsüchtigen Blick Richtung *Knurrhahn*.

Er murmelte: »Eigentlich ist ja schon fast Mittagszeit …«

Mona lachte und klopfte ihm auf die Schulter: »Den Wink mit dem Zaunpfahl habe ich kapiert! – Ja, ich könnte auch etwas Essbares vertragen!«

Die Kommissare betraten wenig später den beliebten Fischimbiss. Der Ostfriese bestellte Seelachsfilet mit Pommes Frites, seine Kollegin wählte ihren üblichen Neptunsalat. Während Mona und Enno an einem der Stehtische auf ihr Essen warteten, tranken sie alkoholfreies Bier.

»Eine Betreuerin war diese Frau, die in den Schminkkasten gefallen zu sein scheint, ganz gewiss nicht«, vermutete die Ermittlerin. Sie fuhr fort: »Wenn sie sich wirklich um Kempe gekümmert hätte, dann wäre sie doch zumindest dann und wann im *Oude Hus* aufgetaucht, oder? Außerdem deutet nichts darauf hin, dass Kempe körperlich oder geistig eingeschränkt gewesen wäre – wenn man mal von seiner extremen Sparsamkeit absieht.«

»Das ist kein Gebrechen, soweit ich weiß«, gab Enno zu bedenken und ergänzte: »Vielleicht sollten wir auch mal versuchen, auf diese Art Wohlstand aufzubauen.«

»Alles klar, dann gibt es ab morgen nur noch Leitungswasser, und für mittags schmieren wir uns morgens ein paar Brote mit Margarine, die dann in der Stullendose mitgenommen werden.«

Mona bemerkte den panischen Gesichtsausdruck ihres Kollegen und fügte schnell hinzu: »Das war ein Scherz, du Genussmensch!«

»Bei dir weiß man ja nie«, erwiderte der Ostfriese. Er redete weiter: »Wir sollten uns nicht darauf einschießen, dass Kempe wegen seines Bargelds ermordet wurde. Es muss gar kein Diebstahl vorliegen. Er könnte die Frau beispielsweise damit auch für irgendetwas bezahlt haben.«

»Aber für welche Dienstleistung?«, dachte Mona laut nach. »Selbst als Honorar für eine Edelprostituierte wäre so ein Haufen Bares, wie Elske es gesehen hat, ziemlich üppig. Und außerdem: Wo hätte sie sich denn für das Liebesspiel mit ihm treffen sollen? Gewiss nicht im *Oude Hus*, dort wäre so eine schicke Dame sofort aufgefallen. Und in ihrer eigenen Unterkunft? Du weißt so gut wie ich, dass die Borkumer Hotels keine offene Prostitution dulden.«

»Sie könnte sich eine Ferienwohnung oder ein Ferienhaus gemietet haben«, schlug der Oberkommissar vor. »Dort wären sie ungestört gewesen, und das Geschäft wäre diskret über die Bühne gegangen. – Wir haben ja jetzt eine ziemlich genaue Beschreibung der Person. Wir sollten diese an die Kollegen vom Streifendienst weiterleiten. So groß ist die Insel nicht. Wenn die Frau sich in der Öffentlichkeit sehen lässt, wird sie früher oder später auffallen.«

»Ja, falls sie nicht ihr Outfit komplett wechselt«, schränkte Mona ein. »So, wie ich diese Art Frauen einschätze, ist sie mit einem riesigen Rollkoffer unterwegs und zieht sich dreimal am Tag um.«

»So wird es wohl sein«, erwiderte der Ostfriese lächelnd.

Wenig später waren ihre Gerichte zum Verzehr bereit, und sie machten sich voller Appetit darüber her. Nachdem sie gegessen und gezahlt hatten, kehrten sie zur Polizeistation zurück. Die Kommissarin gab die Beschreibung der Unbekannten in die Fahndung. Dann versuchte sie, mehr über den Toten herauszubekommen. Und das war gar nicht so einfach.

»Volker Kempe kommt mir wie ein Geist vor, Enno. Ich bin es ja gewohnt, dass Männer seiner Generation im Internet eher weniger präsent sind. Das finde ich grundsätzlich sympathisch, auf Selbstdarsteller stehe ich sowieso nicht. Aber Kempe tritt überhaupt nicht in Erscheinung, weder beruflich noch als Mitglied in Vereinen.«

»Er war entweder sehr isoliert oder sehr diskret«, sagte der Oberkommissar, »oder beides. – Hingegen ist sein Bruder Ansgar wesentlich offener, obwohl er kamerascheu zu sein scheint. Jedenfalls habe ich kein Foto von ihm gefunden. Aber es gibt immerhin die Homepage eines Unternehmens, bei dem er als Geschäftsführer fungiert. Die Firma nennt sich Kempe Company. Sie betreibt offenbar den Verleih von Spezialbaggern.«

Die Kommissarin kam zu ihrem Kollegen herüber und blickte ihm über die Schulter.

Sie sagte: »Ja, auf deinem PC-Monitor sind jede Menge Bagger und keine Personen zu sehen. – Ich schätze, das ist ein einträgliches Geschäft, denn versandete Flussläufe und Kanäle gibt es überall auf der Welt. Die Familie wird also nicht gerade am Hungertuch nagen. Da frage ich mich doch, warum Volker Kempe sich so äußerst bescheiden gegeben hat – und wer sein Leben auslöschen wollte.«

»Falls unsere Annahme mit der Edelprostituierten stimmt, dann wird die Person gar nicht mehr auf der Insel sein«, überlegte der Oberkommissar. »Je länger sie sich hier aufhält, desto größer ist die Gefahr, erwischt zu werden. Übrigens hätte sie bei einer intimen Begegnung die Gelegenheit gehabt, Kempe zu vergiften.«

»Intime Begegnung?«, wiederholte Mona lachend, weil sie die Formulierung amüsant fand. Sie schlang die Arme um Ennos Nacken und drückte ihre Wange gegen seine: »Etwa so?«

Er wurde puterrot und murmelte: »Lass das nicht Jan sehen.«

»Mein Freund weiß, dass ich dich nur platonisch liebe«, behauptete sie grinsend, wurde aber gleich wieder ernst: »Solange wir das mögliche Mordmotiv nicht kennen, gleicht diese Ermittlung eher einem Ratespiel. – Am Ende dreht uns Oltbeck noch eine lange Nase, falls Kempe wirklich an einem Herzinfarkt oder aus einem anderen natürlichen Grund verstorben ist. Warum hat er sich nicht etwas deutlicher ausdrücken können, als er diesen Brief verfasste? Kempe ahnte zumindest, dass ihm jemand ans Leder wollte. Es hätte nichts geschadet, ein paar Namen zu nennen.«

Bevor ihr Kollege etwas erwidern konnte, wurde die Tür aufgerissen. Grietje platzte wieder einmal herein: »Hier ist Besuch für Enno!«

Sie trat zur Seite, um einen Herrn hereinzulassen. Mona glaubte im ersten Moment an einen schlechten Scherz, doch dann erkannte sie die Wahrheit: Ansgar und Volker waren Brüder, aber der Geschäftsführer hatte mit keiner Silbe erwähnt, dass es sich bei ihnen um eineiige Zwillinge handelte.

Statur, Haarfarbe und Gesichtszüge waren gleich, doch damit hörten die Ähnlichkeiten auch schon auf. Ansgar Kempe trug einen dunkelblauen Maßanzug mit Weste, die Uhr an seinem Handgelenk war nach Monas Schätzung einige Tausend Euro wert. Seine Füße steckten in handgenähten Schuhen, und seine Fingernägel unterzog er offensichtlich regelmäßig einer Maniküre. All dies hatte die Kommissarin erfasst, während der Besucher näher trat und Enno die Hand schüttelte.

»Sie müssen Herr Moll sein. – Wir haben telefoniert.«

Der Oberkommissar bot Ansgar Kempe seinen Besucherstuhl an und stellte Mona vor. Kempe nickte ihr kurz zu, sein Interesse schien sich in Grenzen zu halten. Der Ostfriese sagte: »Zunächst möchten wir Ihnen unser Beileid aussprechen. Frau Sander und ich werden alles tun, um die Todesumstände Ihres Bruders aufzuklären.«

Ansgar Kempes Gesichtszüge wirkten wie versteinert. Entweder blieb er immer so emotionslos oder er riss sich in diesem Moment besonders stark zusammen, um den Schmerz nicht übermächtig werden zu lassen. Mona konnte es nicht beurteilen, da er ihr fremd war. Sie erhob sich von ihrem Stuhl und lehnte sich hinter Enno gegen die Wand, um den Besucher besser beobachten zu können. Von ihrem Platz aus hätte sie nur seinen Hinterkopf im Blickfeld gehabt.

»Ich danke Ihnen«, erwiderte Ansgar Kempe mit rauer Stimme. »Also liegt noch kein eindeutiges Ergebnis vor?«

»Um die Unklarheiten zu beseitigen, wurde eine Obduktion der Leiche angeordnet«, erklärte Mona. »Und wir haben diesen Brief von Ihrem Bruder erhalten.«

Mit diesen Worten zeigte sie sowohl das eigentliche Schreiben als auch den Umschlag. Beides hatte sie in Beutel für Beweisstücke getan. Ansgar Kempe nickte und sagte: »Ja, eine solche Nachricht war typisch für Volker.«

»Wie meinen Sie das?«

»Ich wusste nichts von der Borkumreise meines Bruders, Frau Sander. Aber ich bin sicher, dass er nicht in einem Fünf-Sterne-Hotel abgestiegen ist, oder?«

»Diese Vermutung trifft zu«, erwiderte sie.

Ansgar Kempe fuhr fort: »Mein Bruder war ein Mensch, der sein Geld gern zusammenhielt. Daran ist an sich nichts auszusetzen, doch bei ihm hatte dieses Verhalten schon krankhafte Züge. Das beste Beispiel dafür ist diese Serviette. Sogar eine Person, die von Sozialleistungen oder einer kleinen Rente leben muss, würde sich doch einen billigen Schreibblock leisten können, oder?«

»Ja, wahrscheinlich«, erwiderte Enno. Er fragte: »Wovon bestritt Ihr Bruder eigentlich seinen Lebensunterhalt?«

»Er war stiller Teilhaber von Kempe Company, unserem Baggerverleih. Seine monatlichen Bezüge waren nicht viel niedriger als mein Gehalt als Geschäftsführer, das können Sie mir glauben.«

Die Uhr hast du jedenfalls nicht aus einem Ramschladen, dachte Mona. Sie sagte: »Und wie beurteilen Sie den Inhalt seiner Nachricht? Ihr Bruder fühlte sich offenbar bedroht.«

Ansgar Kempe seufzte. Nach einer kurzen Pause erwiderte er: »Es fällt mir nicht leicht, über diese Dinge zu sprechen. Aber Sie als Polizeibeamte haben ein Recht auf die Wahrheit. Ich fürchte, dass der Geisteszustand meines Bruders nicht mehr der beste war. Er weigerte sich strikt, eine Psychotherapie zu beginnen, und fühlte sich nach eigenen Angaben kerngesund. Also ließen wir ihn gewähren, denn mit seinem Geiz schadete er ja letztlich niemandem außer sich selbst. Vielleicht war das ein Fehler.«

Mona hakte nach: »Sie haben in der Mehrzahl gesprochen, und ich sehe an Ihrer Hand einen Ehering. Wer gehört denn außer Ihnen noch zur Familie?«

»Ich bin seit über dreißig Jahren mit meiner Frau Elke verheiratet, wir haben zwei erwachsene Kinder. Sie heißen Alina und Thomas. Mein Sohn hat eine Ehefrau, sie heißt Bettina. Volker hatte keine Lebenspartnerin, und von Nachwuchs ist mir ebenfalls nichts bekannt.«

»Ich habe es also richtig verstanden, dass Ihr Bruder Sie über seinen Inselaufenthalt nicht informiert hat?«, vergewisserte Enno sich.

»Das ist korrekt, Herr Moll.«

»Sie wohnen doch in einem gemeinsamen Haushalt, wenn ich der Auskunft des Einwohnermelderegisters glauben darf. Gab es einen Anlass dafür, dass er so kommentarlos verschwand? Haben Sie sich nicht um ihn gesorgt?«

»Natürlich habe ich mir den Kopf zerbrochen, ich habe ja kein Herz aus Stein!«, grollte Ansgar Kempe. Er fuhr etwas ruhiger fort:

»Verzeihen Sie meinen Ausbruch, aber es war nicht immer einfach mit Volker. Gelegentlich verschwand er für ein paar Tage, ohne sich bei uns abzumelden. Was er dann tat, darüber schwieg er sich aus. Bisher ist es ja immer gut gegangen, aber diesmal offensichtlich nicht.«

»Gibt es eine Vorerkrankung, die zu seinem Tod geführt haben könnte?«, fragte Mona.

»Jedenfalls kein Leiden, von dem ich Kenntnis hätte, Frau Sander. Ihnen ist gewiss bekannt, dass ein Privatpatient wie mein Bruder eine ärztliche Behandlung zunächst selbst bezahlen muss, bevor sie ihm von der Kasse erstattet wird. Angesichts seiner extremen Sparsamkeit können Sie sich vorstellen, dass er äußerst selten medizinische Hilfe in Anspruch nahm. Mir fällt auf Anhieb nur eine Lungenentzündung vor fast zwanzig Jahren ein, an der er fast zugrunde gegangen wäre, bevor wir einen Arzt holen durften.«

»In seinem Brief schrieb er: ›Es gibt viele Menschen, die mir nach dem Leben trachten.‹ Was sagen Sie zu dieser Behauptung?«, wollte die Ermittlerin wissen.

»Leider muss ich gestehen, dass Volker mit der Wirklichkeit so seine Probleme hatte«, erwiderte der Bruder des Toten. Seine Worte kamen ihm zögernd über die Lippen, es fiel ihm offenbar schwer, über diese Dinge zu reden. Trotzdem fuhr er fort: »Volker war selbst sein größter Feind. Er sah Bedrohungen, wo gar keine vorhanden waren. Wir konnten nicht verhindern, dass er sich immer mehr in sein Schneckenhaus zurückzog. Er hielt sein Geld deshalb so krampfhaft zusammen, weil er sich einbildete, von allen Menschen und Institutionen bestohlen zu werden, die Familie und unsere Hausbank eingeschlossen. – Nachdem wir Opfer eines Erpressers wurden, schienen die Ereignisse meinem Bruder sogar recht zu geben.«

»Erzählen Sie uns mehr darüber«, bat Enno.

Ansgar Kempe erwiderte: »Die Ereignisse liegen jetzt ungefähr sieben Jahre zurück. Damals drohte ein Unbekannter damit, einen unserer Bagger mithilfe eines Sprengsatzes unbrauchbar zu machen. Ich verständigte natürlich sofort Ihre Hamburger Kollegen – so wie es jeder tun sollte, an den so eine Forderung herangetragen wird. Uns lag natürlich auch das Schicksal des Baggerführers am Herzen. Und wer sich einmal mit solchen Kriminellen einlässt, der wird immer weiter ausgenommen, nicht wahr?«

»Ja, es ist stets ratsam, in solchen Fällen die Polizei einzuschalten«, bestätigte Enno.

Der Geschäftsführer nickte und fuhr fort: »Jedenfalls vereinbarte ich zum Schein eine Lösegeldübergabe. Der Erpresser verhielt sich meiner Meinung nach äußerst stümperhaft. Die Polizisten konnten ihn festnehmen. Er war so perplex, dass er ein Geständnis ablegte. Er hatte zuvor für eine Baufirma gearbeitet, die einen unserer Bagger benötigte. Er verlor seinen Job aufgrund von Unzuverlässigkeit. Da war ihm die geniale Idee gekommen, von uns zehntausend Euro zu fordern. Der Kerl gestand seine Tat. Da er schon einige andere Verbrechen auf dem Kerbholz hatte, wurde er zu einer Gefängnisstrafe ohne Bewährung verurteilt.«

Mona hielt bereits ihr Notizbuch in der Hand und schrieb fleißig mit.

»Wie heißt der Erpresser?«

»Holger Mundt. – Glauben Sie, dass er etwas mit dem Tod meines Bruders zu tun haben könnte, Frau Sander?«

»Zunächst müssten wir uns vergewissern, ob Mundt seine Haft bereits hinter sich gebracht hat. Wir sind jedenfalls für alle Hinweise dankbar.«

»Ich will Sie ja unterstützen«, betonte Ansgar Kempe. »Aber warum sollte dieser Verbrecher sich ausgerechnet an Volker rächen wollen? Mein Bruder war bei der Gerichtsverhandlung ja noch nicht einmal anwesend. Wie gesagt, ich bin Geschäftsführer und er ist stiller Teilhaber. Mundt wandte sich mit seinem Erpressungsversuch an mich, Ansgar hat nach meinem Kenntnisstand nie mit ihm gesprochen. Wahrscheinlich weiß der Kriminelle gar nicht, dass ich überhaupt einen Bruder habe.«

»Wir müssen trotzdem jede Spur verfolgen«, erklärte Mona, »und außerdem sind Sie und der Verstorbene eineiige Zwillinge. Es wäre theoretisch möglich, dass jemand Sie beide miteinander verwechselt hat.«

Ansgar Kempe starrte die Kommissarin mit einem glasigen Blick an. Er schien zu überlegen, ob er ihre Bemerkung als eine Beleidigung auffassen sollte. Dann entschied er sich offenbar dagegen: »Dies ist eine *sehr* theoretische Möglichkeit, Frau Sander. Wer mich kennt, der weiß, dass ich auf ein gepflegtes Äußeres großen Wert lege. Schließlich habe ich oft Kundenkontakt – da kann ich nicht auftreten, als ob ich gerade aus einer kirchlichen Suppenküche käme!«

Eingebildeter Fatzke!, dachte Mona. Doch sie war diesmal zurückhaltend genug, ihre Meinung für sich zu behalten. Sie erkundigte sich nun nach der Frau, mit der Volker Kempe gesehen worden war. Diese Information schien den Bruder zu irritieren. Er runzelte die Stirn und fragte: »Sind Sie sicher, dass Sie keinem Irrtum aufgesessen sind? Eine solche Begleitung passt überhaupt nicht zu meinem Bruder!«

»Wir halten die Zeugin für glaubwürdig«, erklärte Enno und fügte hinzu: »Also haben Sie keine Idee, um wen es sich bei dieser Dame handeln könnte?«

»Nein, ganz gewiss nicht. Ich würde es Ihnen sagen, ganz bestimmt. Schließlich will ich erfahren, wer meinen Bruder auf dem Gewissen hat. Auch wenn wir höchst unterschiedlich waren, so sind wir doch eine Familie.«

»Bei manchen Dingen fällt es nicht leicht, sie auszusprechen.«

»Was wollen Sie damit andeuten, Herr Moll?«

»Wir haben die Möglichkeit erwogen, dass es sich um eine hochkarätige Prostituierte handeln könnte«, fügte Enno ruhig hinzu.

Ansgar Kempe errötete. Es ließ sich schwer einschätzen, ob dies vor Scham oder vor Wut geschah. Sein Tonfall ließ auf Letzteres schließen: »Mir ist bewusst, dass Sie in Ihrem Beruf keine Möglichkeit außer Acht lassen dürfen. Dennoch empfinde ich diese Unterstellung als eine Unverschämtheit. Ich will es Ihnen nachsehen, weil Sie meinen Bruder überhaupt nicht kannten! Er hätte sich niemals mit einer … einer … mit einer derartigen Person eingelassen. Er war sehr zurückhaltend im Umgang mit Frauen. Und ehrlich gesagt trugen seine Art und sein Auftreten nicht dazu bei, das Interesse des schönen Geschlechts zu wecken.«

Geht es noch etwas schwulstiger?, dachte Mona. Dennoch musste sie Ansgar Kempe teilweise recht geben. Natürlich wusste sie nicht, was für ein Mensch der Tote gewesen war. Doch würde ein Mann, der sich noch nicht einmal einen Briefumschlag leistete, wirklich so viel Geld für eine erotische Dienstleistung ausgeben? Nein, es musste eine andere Art von Beziehung zwischen Volker Kempe und der eleganten Dame gegeben haben. Außerdem – Prostituierte umgarnten ihre Kunden üblicherweise, während sich die Frau im Hosenanzug eher schroff und genervt präsentiert hatte.

Die tiefe Stimme ihres Kollegen riss Mona aus ihren Überlegungen: »Es war nicht meine Absicht, Ihren Bruder in ein schlechtes Licht zu rücken. Wir suchen nach einer Erklärung dafür, dass er mit dieser Person unterwegs war. Vielleicht ist sie eine wichtige Zeugin und kann dazu beitragen, Licht ins Dunkel zu bringen.«

»Sie werden es schon schaffen«, meinte Ansgar Kempe gönnerhaft und erhob sich. Er fuhr fort: »Ich möchte jetzt gern die Leiche sehen, wenn es möglich ist.«

»Selbstverständlich. Der Tote wurde für den Transport aufs Festland vorbereitet, aber die Fähre hat noch nicht abgelegt. Ein Kollege wird Sie fahren.«

Enno holte Polizeimeister Claas Lammer und beauftragte ihn damit, Ansgar Kempe zu seinem toten Bruder zu bringen. Der Geschäftsführer nickte Mona zu und verließ den Raum. Zuvor legte er seine Visitenkarte auf den Schreibtisch und sagte: »Bitte rufen Sie mich umgehend an, wenn es neue Entwicklungen gibt.« Enno begleitete ihn bis zum Ausgang und kehrte dann zurück.

»Was hältst du von dem Herrn?«, fragte er seine Kollegin.

»Ein Sympathieträger ist er nicht gerade. Ich bin mir nicht sicher, ob Ansgar Kempe uns etwas verschweigt. Er scheint mir ein Mann zu sein, der gern die Kontrolle hat. Das kann man von einem Geschäftsführer eines erfolgreichen Unternehmens auch erwarten. Aber würde er wirklich die Hände in den Schoß legen, wenn der eigene Bruder tagelang kommentarlos verschwindet und dann ebenso ohne jede Erklärung wieder auftaucht?«

»Ich habe auch einen Bruder«, erinnerte Enno, »und die Vorstellung, dass er plötzlich abhaut, würde mich verrückt machen.«

Die Kommissarin nickte. Ennos Bruder lebte in Emden. Sie hatte ihn bereits kennengelernt, er war ihr genauso sympathisch wie der Oberkommissar selbst.

»Jede Familie ist anders«, stellte Mona fest, »und vielleicht haben sich die Kempes damit abgefunden, dass Volker etwas … speziell war. Du weißt so gut wie ich, dass man einen Menschen in Deutschland nicht so einfach entmündigen kann. Offenbar hat er im Normalfall mit seinem Verhalten niemandem geschadet, also haben sie ihn einfach gewähren lassen. Aber warum sollte jemand diesen harmlosen Geizhals umbringen …«

Sie beendete den Satz nicht, denn nun klingelte ihr Telefon. Elske Fokken war am Apparat, und die Pensionswirtin klang aufgeregt:

»Mona, hier war gerade ein Mann, der Volker Kempe sprechen wollte! Ich … er kam mir irgendwie verdächtig vor. Da habe ich behauptet, dass Herr Kempe zur Apotheke gegangen sei und in einer Viertelstunde zurückkehren würde. Der Besucher bedankte sich und wollte angeblich bald wiederkommen.«

»Das hast du gut gemacht, Elske. Hat der Mann seinen Namen genannt?«

»Ja, er hat sich mit Holger Mundt vorgestellt.«

Kapitel 4

Warum wollte der verurteilte Erpresser Volker Kempe aufsuchen? Diese Frage stellte nicht nur Mona sich selbst. Ein Blick ins Gesicht ihres Kollegen bewies, dass dieses Rätsel ihn ebenfalls beschäftigte.

»Du kannst unbesorgt sein«, sagte die Kommissarin zu der Pensionswirtin. Sie versuchte, möglichst beruhigend zu klingen. Mona fuhr fort: »Enno und ich brechen gleich auf, um den Herrn in Empfang zu nehmen.«

»Aggressiv hat er auf mich nicht gewirkt. Eigentlich kam er mir wie ein höflicher Mann vor«, gab Elske Fokken zu bedenken. »Trotzdem war da etwas an ihm, was mir nicht gefallen hat. Begründen kann ich es aber nicht.«

Die Kommissarin ahnte, worauf die erfahrene Vermieterin hinauswollte. Menschenkenntnis war etwas, das sich oft nur schwer in Worte fassen ließ. Auch Mona selbst vertraute oft auf ihr »Bauchgefühl«, wobei es letztlich natürlich stets auf harte Fakten ankam. Doch eine vage Ahnung konnte die Ermittlungen oft in eine erfolgversprechende Richtung lenken.

»Wir sind sofort bei dir«, versicherte Mona erneut und beendete das Telefonat. Zuvor hatte sie sich den Verdächtigen noch kurz beschreiben lassen. Natürlich wäre es auch möglich gewesen, die erkennungsdienstlichen Fotos der Polizei Hamburg zu betrachten. Doch nach seiner Haftstrafe konnte Mundt sein Aussehen gewaltig verändert haben.

Die beiden eilten aus der Polizeistation, die sich nicht weit vom *Oude Hus* entfernt befand. Zu Fuß konnte man die Frühstückspension innerhalb von wenigen Minuten erreichen. Während die Kriminalisten den Georg-Schütte-Platz gegenüber dem Inselbahnhof überquerten, sagte Enno: »Wir sollten nicht auf dem Bahnhofspfad herumstehen wie bestellt und nicht abgeholt. Holger Mundt kann nicht wissen, dass die Polizei ihn schon auf dem Radar hat. Trotzdem ist es nicht klug, ihn misstrauisch zu machen. Es wäre besser, wenn wir uns auf einer der Ruhebänke niederlassen. Sobald er sich dem *Oude Hus* nähert, können wir ihn uns zur Brust nehmen.«

Dieser Vorschlag sagte Mona zu. Der Georg-Schütte-Platz war eine kleine grüne Oase mit Blumenrabatten, sauber gestutzten Hecken, altem Baumbestand und einer hübschen Skulptur, die ein übergroßes Seepferdchen darstellte. Einige Urlauber und Kurgäste hatten es sich auf den Bänken bequem gemacht. Die Ermittler fanden zum Glück noch eine freie Sitzgelegenheit, die nur einen Steinwurf weit vom *Oude Hus* entfernt war.

»Niemand wird uns für Zivilpolizisten halten«, vermutete Mona. »Wahrscheinlich nehmen die Leute an, dass wir Vater und Tochter sind – ein Kurgast, der Besuch von seinem Kind bekommen hat.«

»Von seinem *frechen* Kind«, ergänzte Enno schmunzelnd. Dann senkte er die Stimme: »Schau nicht hin, Mundt ist schon im Anmarsch.«

»Ja, Papa«, erwiderte Mona laut, während sie sich aus dem Augenwinkel heraus einen Überblick verschaffte.

Bei dem Mann, der sich nun aus Richtung Touristinformation näherte, handelte es sich zweifellos um Holger Mundt. Die Pensionswirtin hatte ihn exakt beschrieben: eins siebzig groß, hager, graue Jeans, gesteppte blaue Windjacke, dunkles Haar. Die Kommissarin beobachtete seine Körpersprache. Er schritt entschlossen vorwärts wie jemand, der eine Aufgabe zu erledigen hatte. Ein Urlauber oder Kurgast, der den ganzen Tag mit Freizeitaktivitäten gestalten wollte, bewegte sich ihrer Meinung nach völlig anders. Ob er bewaffnet war? Das ließ sich unmöglich einschätzen. In den Taschen von Jacke oder Hose konnte er ein Messer oder einen anderen gefährlichen Gegenstand verborgen haben, vielleicht sogar eine kleine Pistole. Ob ihm noch nicht bekannt war, dass Volker Kempe nicht mehr lebte? Oder hatte er etwas Wichtiges am Tatort vergessen? Während ihr diese Überlegungen durch den Kopf schwirrten, näherte sich der Verdächtige ihrer Parkbank. Er musste daran vorbei, wenn er das *Oude Hus* erreichen wollte. Für Mona war es nicht nötig, sich mit ihrem Kollegen abzustimmen. Die beiden waren ein eingespieltes Team. Der Ex-Strafgefangene streifte die Kommissare mit einem desinteressierten Blick. Bevor er sie passiert hatte, stand Mona auf und versperrte ihm den Weg.

»Herr Mundt?«

Während sie diese Worte aussprach, zeigte sie ihren Dienstausweis. Der Verdächtige blieb so abrupt stehen, als ob er gegen eine unsichtbare Mauer gelaufen wäre. Sein Gesichtsausdruck, der eben gerade noch neutral gewesen war, wirkte nun angespannt und aggressiv. Die Kommissarin rechnete damit, dass der Verdächtige Schwierigkeiten machen würde. Allerdings war Enno jetzt ebenfalls aufgestanden. Er postierte sich hinter Mundt, der sich nun umdrehte und zu dem Zwei-Meter-Mann aufblickte.

»Was wollen Sie von mir? Ich habe nichts getan!«, brachte der verurteilte Erpresser krächzend hervor.

»Das hat auch niemand behauptet«, stellte Mona lächelnd klar. »Ich bin übrigens Kommissarin Sander, das ist Oberkommissar Moll. Wir sind von der Polizei Borkum und möchten uns mit Ihnen unterhalten. Ihr Besuch bei Volker Kempe dürfte sich erledigt haben, er lebt nämlich nicht mehr.«

Als der letzte Satz fiel, klappte Mundts Kinnlade buchstäblich herunter. Er wirkte völlig perplex. Damit hatte er offenbar nicht gerechnet. Oder handelte es sich bei ihm um einen äußerst begnadeten Schauspieler? Das würde sich im Verlauf der Befragung hoffentlich zeigen.

»Kempe … ist tot?! Das lasse ich mir nicht anhängen!«, begehrte Mundt auf.

Die Kommissarin schüttelte den Kopf und entgegnete: »Wer behauptet denn, dass er eines unnatürlichen Todes starb? Kommen Sie, es gibt auf der Wache auch einen echten ostfriesischen Tee für Sie!«

Sie sprach mit Nachdruck und machte gleichzeitig eine einladende Bewegung. Noch war nicht gänzlich klar, ob der Verdächtige sich fügen würde. Doch er schien zu begreifen, dass er sich durch Aufsässigkeit nur selbst schaden konnte. Er stieß langsam die Luft aus den Lungen und trottete zwischen den beiden Ermittlern in Richtung Polizeiwache.

»Ich werde Sie jetzt durchsuchen«, sagte Enno, nachdem sie das Gebäude betreten hatten. »Haben Sie scharfkantige Gegenstände bei sich, an denen ich mich verletzen könnte?«

»Nee, habe ich nicht. – Machen Sie nur, ich kenne das aus dem Knast.«

Mundt sagte die Wahrheit. Enno fand bei ihm weder ein Messer noch eine andere Waffe. Hingegen entdeckte der Oberkommissar ein Fährticket. Laut Datum und Uhrzeit war der Verdächtige erst am selben Tag nach Borkum gereist. Natürlich konnte er trotzdem schon zuvor auf der Insel gewesen sein, um Kempes Ermordung vorzubereiten. Es würde sich zeigen, ob er für die letzten Tage ein Alibi hatte. In Mundts Brieftasche befanden sich dreihundert Euro in bar, außerdem sein Personalausweis und die Entlassungspapiere der

Justizvollzugsanstalt Fuhlsbüttel. Mona bugsierte den Ex-Häftling auf ihren Besucherstuhl, während Enno Tee kochte.

Als das ostfriesische Lebenselixier mitsamt Sahne und Kandis auf dem Tisch stand, kam die Kommissarin zur Sache: »Uns ist bekannt, in welcher Beziehung Sie zur Familie Kempe standen, Herr Mundt. Warum wollten Sie heute Volker Kempe aufsuchen? Und woher wussten Sie überhaupt, dass er ein Zimmer in der Pension *Oude Hus* bezogen hatte?«

Der Verdächtige schaute sie verständnislos an: »Kempe hat mir gesagt, dass er dort einquartiert ist – als er mich angerufen hat.«

»Volker Kempe nahm also Kontakt mit Ihnen auf? Aus welchem Grund?«, hakte Mona nach. Darauf antwortete der Ex-Häftling nicht sofort. Enno erklärte: »Momentan vernehmen wir Sie nur als Zeugen und nicht als einen Beschuldigten. Das kann sich aber schnell ändern, falls Sie uns etwas verschweigen oder uns anlügen.«

Mundt rutschte auf seinem Stuhl hin und her. Ihm war offenbar unbehaglich zumute. »Das ist mir vollkommen klar, Herr Moll«, beteuerte er, »allerdings wird meine Erklärung für Sie ziemlich unwahrscheinlich klingen.«

»Versuchen Sie es einfach«, ermutigte der Ostfriese ihn.

Mundt trank einen Schluck Tee und begann zögernd: »Sie haben bestimmt schon herausgefunden, dass ich gesessen habe. Mein Vorstrafenregister ist ja kein Staatsgeheimnis. Und es ist nicht so leicht, nach dem Knast wieder im normalen Leben Fuß zu fassen. Ich bin arbeitslos, seit ich vor einem halben Jahr aus der Haft entlassen wurde. Umso erstaunter war ich, als Volker Kempe sich bei mir meldete.«

»Woher hatte er Ihre Telefonnummer?«, fragte die Ermittlerin.

»Das weiß ich nicht. Ich wohne bei meiner Mutter, und die steht im Telefonbuch. – Ich glaubte erst an einen schlechten Scherz, denn warum sollten die Kempes etwas für mich tun? Also wollte ich schon auflegen, aber Volker Kempe behauptete, nichts gegen mich zu haben. Ich hätte ja nur seinem Bruder Ärger gemacht, und er könne einen Burschen wie mich brauchen. ›Ich benötige einen Mann fürs Grobe‹ – genau das waren seine Worte.«

»Und worin genau sollte Ihre Aufgabe bestehen?«

»Darüber wollte er sich am Telefon nicht auslassen, sondern es mir persönlich mitteilen. Er tat sehr geheimnisvoll und meinte, dass es um Leben und Tod ginge«, berichtete der Verdächtige.

Die Kommissarin schüttelte den Kopf. »Wollen Sie uns eigentlich veräppeln, Herr Mundt? Der Bruder des Erpressungsopfers ruft Sie an, woraufhin Sie alles stehen und liegen lassen und sich Richtung Borkum einschiffen?«

»Ich habe ja gleich gewusst, dass Sie meine Worte anzweifeln würden«, erwiderte er, »aber Kempe hat mir Reisegeld geschickt, und zwar als telegrafische Überweisung! Kann man das nicht irgendwie nachprüfen?«

Das war der Polizei natürlich möglich, und für einen Erwerbslosen waren selbst die dreihundert Euro in Mundts Brieftasche viel Geld.

»Reden Sie weiter«, forderte Mona ihn auf.

»Der Rest ist schnell erzählt, Frau Sander. Ich kam mit der Autofähre, die um 14 Uhr in Emden ablegt. Meine Reisetasche habe ich bei der Gepäckaufbewahrung am Inselbahnhof gelassen. Ich wusste ja noch gar nicht, ob ich auf Borkum bleiben sollte oder nicht. Dann fragte ich mich zum *Oude Hus* durch, wo die Pensionswirtin behauptete, dass Kempe nur kurz zur Apotheke gegangen sei. Das war offenbar eine Lüge. Als ich mir die Beine vertreten hatte und zurückkehrte, wurde ich von Ihnen kassiert.«

»Und Sie haben wirklich keine Ahnung, was Sie für Kempe tun sollten?«, bohrte die Ermittlerin nach.

»Nein, aber er wollte mir tausend Euro auf die Hand bezahlen. Und es würde bei dem Job für mich angeblich keine Gefahr entstehen.«

Erneut fragte Mona sich, ob Mundt sie und ihren Kollegen auf den Arm nehmen wollte. Andererseits: Der Geldtransfer und die Anreise am heutigen Tag waren nachprüfbar. Volker Kempe hatte zwar kein Handy besessen, aber es gab auf der Insel immerhin neun Telefonzellen, von denen aus er die Mutter des Erpressers anrufen konnte. Und Bargeld ließ sich eben wirklich telegrafisch anweisen, was zu Kempes Widerwillen gegen Banken passte. Würde Mundt sich wirklich auf so eine vage Chance einlassen? Oder wollte er vielleicht die Gelegenheit nutzen, um sich nach dem Gefängnisaufenthalt an der Familie zu rächen?

»Wir müssen Ihre Geschichte überprüfen, Herr Mundt«, sagte sie zu ihm. »Sie können gehen.«

»Ich bin also nicht verhaftet?« Diese Frage des Verdächtigen klang überrascht, beinahe enttäuscht.

»Nein. Es steht Ihnen frei, zu Ihrem Wohnsitz zurückzukehren. Aber falls Sie auf Borkum bleiben möchten, teilen Sie uns bitte die Anschrift Ihrer Unterkunft mit.«

Der Ex-Straftäter erhob sich von seinem Stuhl. »Na, dann werde ich mir mal eine Bude suchen, wo ich schon mal hier bin …«

Enno begleitete ihn nach draußen.

»Ein seltsamer Vogel«, meinte der Ostfriese, als er zurückkehrte.

»Ja, zweifellos – aber ob er etwas mit Volker Kempes Tod zu tun hat?«, dachte Mona laut nach.

Kapitel 5

Enno antwortete nicht sofort. Genau wie seine Kollegin war er offenbar in seine Überlegungen vertieft. Und dabei half ihm eine weitere Tasse Tee. Nachdem er diese genussvoll geschlürft hatte, sagte er: »Überprüfen wir zunächst Mundts Angaben, bevor wir Vermutungen anstellen. Wenn wir wissen, dass er bei der Wahrheit geblieben ist, sind wir schon ein Stück weitergekommen.«

Mona nickte, und die beiden machten sich an die Arbeit. Dass der Verdächtige die Fähre am selben Tag genommen hatte, schien ziemlich eindeutig zu sein, obwohl er das Ticket auch aus einem Abfalleimer am Hafen genommen haben konnte. Deshalb war es besser, wenn die Ermittler seine Aktivitäten der vergangenen Tage herausfanden. Enno rief Mundts Mutter in Hamburg an. Sie bestätigte, dass ihr Sohn seit der Haftentlassung bei ihr wohnte und erst morgens mit der Bahn Richtung Küste aufgebrochen war.

»Holger sagte, dass er einen Job in Aussicht hat«, meinte die Frau. »Steckt er etwa wieder in Schwierigkeiten?«

Der Ostfriese hatte sich natürlich als Oberkommissar der Borkumer Polizei vorgestellt.

»Davon gehen wir nicht aus«, gab er beruhigend zurück, »wir möchten nur gern wissen, was Ihr Sohn in den letzten Tagen gemacht hat.«

»Genau weiß ich das auch nicht, weil ich ja im Supermarkt arbeite. Aber rufen Sie doch in der *Bahrenfelder Pommesschmiede* an, da geht Holger jeden Tag hin, isst etwas und trifft seine Kumpels.«

Enno bedankte sich für den Hinweis und nahm Kontakt mit der Imbissstube auf. Wenig später wurde aus der Vermutung Gewissheit: »Ich schätze, wir können Mundt als Mordverdächtigen ausschließen, Mona. Die Zeugenaussagen von Angehörigen sind ja immer mit Vorsicht zu genießen. Aber auch der Betreiber der *Bahrenfelder Pommesschmiede* bestätigt, dass sein Stammgast dort jeden Tag erschienen ist. Er hat sich schon gewundert, warum Mundt heute nicht auftauchte.«

»Ich habe in der Zwischenzeit die telegrafische Geldanweisung gecheckt, diese Angabe scheint auch zu stimmen«, erwiderte die Kommissarin. Sie fuhr fort: »Angenommen, Volker Kempe wollte Mundt tatsächlich tausend Euro geben, weil er als ›Mann fürs Grobe‹ etwas erledigen sollte – aber was genau?«

»Etwas Illegales«, vermutete der Ostfriese, »und zwar, weil Kempe wusste, dass es sich bei Mundt um einen vorbestraften Kriminellen handelt. Er konnte also davon ausgehen, dass der verurteilte Erpresser eine weitere Straftat begehen würde. Laut Aussage seines Bruders lebte Volker Kempe ziemlich isoliert. Sein Bekanntenkreis war gewiss ziemlich klein, und er kannte keine andere Person, die er für ein Verbrechen hätte gewinnen können. Doch von Mundt wusste er, dass dieser Mann bereits Gesetze gebrochen hat. Und es kann auch ohne detektivische Fähigkeiten nicht schwer gewesen sein, ihn zu finden. Wie gesagt, seine Mutter steht im Telefonbuch. Und um herauszufinden, ob der Täter seine Haftstrafe bereits abgesessen hat, muss man nur einen Blick auf einen Kalender werfen.«

»Ja, das ist plausibel«, meinte Mona, »aber was für eine Tat wäre einem Geizhals wie Volker Kempe tausend Euro wert? Genau genommen sind es sogar 1.300 Euro, wenn man das ›Reisegeld‹ dazurechnet.«

»Und diese Aktion muss zwangsläufig auf Borkum durchgeführt werden«, fügte Enno hinzu, »denn andernfalls hätte Kempe sich ja mit Mundt auch in Hamburg – oder an einem anderen Ort – verabreden können. Also muss es eine Verbindung zwischen dem Toten und der Insel geben. Vielleicht fällt ja dem Bruder noch etwas dazu ein.«

Der Ostfriese versuchte es zunächst bei Ansgar Kempes Büronummer. Die Sekretärin teilte ihm mit, dass ihr Chef »aufgrund familiärer Verpflichtungen« noch einige Tage auf Borkum bleiben wollte. Daraufhin rief Monas Kollege die Mobilnummer an, erreichte aber nur die Mailbox: »Moin, hier spricht Oberkommissar Moll. Bitte rufen Sie mich zurück, es hat sich noch eine offene Frage bezüglich Ihres Bruders ergeben.«

Nachdem Enno diese Nachricht abgesetzt hatte, gähnte er verhalten: »Lass uns für heute Schluss machen, morgen finden wir bestimmt mehr heraus.«

Damit war Mona einverstanden. Sie hatte ihrem Freund ohnehin versprochen, nach Feierabend bei der Renovierung seines Lokals zu helfen. Zwar waren sie und Jan am vergangenen Wochenende schon ein großes Stück weit vorangekommen, aber solange die *Nordsee Kajüte* geschlossen war, ließ sich damit kein Geld verdienen. Also wünschte sie dem Oberkommissar einen schönen Feierabend und radelte Richtung Yachthafen.

Jan und sein Kumpel Ole arbeiteten noch an der imposanten neuen Naturholztheke. Mona wurde von ihrem Freund mit einem Lächeln begrüßt: »Du kommst genau richtig, um den Gang zwischen Gastraum und Warenlager zu streichen.«

»Eine meiner leichtesten Übungen!«, behauptete Mona. Sie zog in der Küche den alten Overall an, den sie schon in den letzten Tagen getragen hatte, und machte sich an die Arbeit.

*

Der nächste Morgen begrüßte die Kommissarin mit strahlendem Sonnenschein und dem guten Gefühl, zumindest bei der Renovierung einen Teilerfolg errungen zu haben. Der von ihr gestrichene Flur sah jetzt prächtig aus, wie sie selbstbewusst feststellte. Im Gegensatz dazu war ihr aktueller Kriminalfall leider weit von einer Lösung entfernt. Und – wenn es nach ihrem Vorgesetzten ging, dann stand keineswegs fest, ob überhaupt ein Verbrechen stattgefunden hatte. Die rätselhafte Botschaft auf der Serviette war zumindest nach Oltbecks Meinung kein Beweis für einen unnatürlichen Tod des Opfers. Mona hoffte auf ein schnelles Obduktionsergebnis. Doch zunächst widmete sie sich vor Dienstbeginn ihrer Dogge Rufus, die sie bereits sehnsüchtig erwartete. Der große Hund wohnte bei den Molls, auch wenn die Kriminalistin sein Frauchen war. Von neunmalklugen Leuten hatte sie schon oft genug den Ratschlag gehört, dass sie sich als Bewohnerin eines Mini-Apartments nicht ein so riesiges Haustier hätte anschaffen sollen. Aber die Verbindung zwischen der Polizistin und dem Hund war nicht geplant gewesen, sondern im Rahmen einer Mordermittlung entstanden. Doch da Mona keine Lust hatte, diesen Umstand immer wieder und wieder zu erklären, schaltete sie bei solchen ungefragten Binsenweisheiten ihre Ohren einfach auf Durchzug. Rufus war jedenfalls bei Ennos Ehefrau Birte in den besten Händen, wenn Mona arbeiten musste. Und nur darauf kam es ihr an.

Nach dem ausgiebigen Freilufttreffen mit der Dogge kehrte die Kommissarin zu ihrer Wohnung zurück, um per Rad zur Wache zu fahren. Sie hatte die Polizeistation schon beinahe erreicht, als sie beim Inselbahnhof eine Dame in einem lachsfarbenen Hosenanzug bemerkte. Die Frau wollte die Gleise überqueren, wahrscheinlich war sie auf dem Weg zum *Oude Hus*. Mona bremste direkt neben ihr und stieg vom Rad.

»Moin!«

»Guten Morgen«, gab die Frau kühl zurück, wobei sie dem Blick der Kommissarin auswich und weitergehen wollte.

»Bleiben Sie bitte mal stehen«, forderte Mona.

»Dafür gibt es keinen Grund«, lautete die Reaktion.

»Oh doch – den gibt es.«

Die Kommissarin hatte ihren Dienstausweis aus der Tasche gezogen und hielt ihn der Frau vor die Nase.

»Polizei Borkum«, las die Verdächtige von dem Dokument ab. Ihr Tonfall klang verächtlich: »Welches Straftatbestandes habe ich mich denn Ihrer Meinung nach schuldig gemacht, Frau *Kommissarin* Sander?«

Mona fand es bemerkenswert, dass die Unbekannte ein Wort wie Straftatbestand benutzte. Außerdem fiel ihr die ironische Betonung ihres Dienstgrades auf. Mit dieser Dame war offenbar nicht gut Kirschen essen. Die Kriminalistin hielt besser ihr Temperament im Zaum, wenn sie sich keinen unnötigen Ärger einhandeln wollte. Also schenkte Mona der Frau ein unverbindliches Lächeln und sagte: »Von einem Straftatbestand ist keine Rede. Ich bitte Sie lediglich um eine Zeugenaussage im Zusammenhang mit Volker Kempes mutmaßlicher Ermordung.«

Die Fremde zuckte nicht mit der Wimper, als Mona diese Worte aussprach. Aus welchem Grund? Wusste sie bereits vom Tod des alten Mannes? Oder verfügte sie über eine so ausgezeichnete Selbstbeherrschung, dass sie eine solche Neuigkeit scheinbar emotionslos registrieren konnte? Die Kommissarin tippte auf die zweite Variante. Nach einer kaum wahrnehmbaren Pause erwiderte die Dame: »Herr Kempe lebt also nicht mehr, das war mir noch nicht bekannt. – Unter diesen Umständen ist mein Termin hinfällig, und ich werde Ihnen gern Rede und Antwort stehen. Allerdings befürchte ich, dass ich keine große Hilfe sein kann.«

Mit diesen Worten öffnete sie ihre Handtasche und überreichte Mona eine Visitenkarte. Darauf stand: »Dr. Stefanie Stiller, Rechtsanwältin und Notarin« – außerdem eine Mobilnummer sowie eine Düsseldorfer Adresse.

»Darf ich Sie bitten, mich zur Dienststelle zu begleiten, Frau Dr. Stiller? Es ist nicht weit«, sagte die Kommissarin und zeigte auf das

Gebäude in der Strandstraße mit der merkwürdigen Skulptur vor dem Eingang.

Diesmal saß nicht Grietje Smit, sondern Polizeimeisterin Aiske Berend im Wachlokal, wie Mona mit einer gewissen Erleichterung registrierte. Die kessen Sprüche der jungen Kollegin wurden nicht von allen Besuchern locker genommen. Der Anwältin war es nach Meinung der Ermittlerin durchaus zuzutrauen, wegen einer scherzhaften Bemerkung mit einer Dienstaufsichtsbeschwerde zu drohen. Und Mona wollte keinen unnötigen Ärger, sondern Antworten auf ihre drängenden Fragen. Sie führte die Juristin in ihr Dienstzimmer und bot ihr Platz an.

»Möchten Sie etwas trinken, Frau Dr. Stiller?«

»Nein, danke. Ich habe im *Hotel Zu den Gezeiten* übernachtet und dort gut gefrühstückt.«

Dieser traditionelle Beherbergungsbetrieb befand sich in unmittelbarer Nähe des Inselbahnhofs und konnte zur obersten Preiskategorie gezählt werden. Bevor Mona richtig ins Gespräch einstieg, betrat Enno den Raum. Die Kommissarin machte ihren Kollegen und die Rechtsanwältin miteinander bekannt. Die Juristin hatte die Beine übereinandergeschlagen und saß sehr aufrecht. Sie hielt ihre teure Handtasche wie einen Schutzschild vor sich. Ob dies eine unbewusste Abwehrhaltung war? Falls der ungeplante Besuch der Polizeidienststelle sie nervös machte, ließ sie es sich jedenfalls nicht anmerken.

»Sie haben von einer *mutmaßlichen* Ermordung gesprochen, Frau Sander. Also sind die Todesumstände meines Mandanten noch ungeklärt?«

Mona nickte und erwiderte: »Unsere Ermittlungen sind in vollem Gang. Allerdings muss Volker Kempe seinen gewaltsamen Tod geahnt haben. Er steckte eine entsprechende Botschaft in einen Briefumschlag, laut einer Zeugenaussage übrigens in Ihrer Gegenwart.«

Die Anwältin rümpfte die Nase und erwiderte: »Ja, das ist korrekt. Allerdings wusste ich über den Inhalt dieser Nachricht nicht Bescheid. Es erschien mir seltsam genug, dass Herr Kempe auf eine Serviette kritzelte und ein benutztes Kuvert beschriftete. Dies war genauso bizarr wie die Tatsache, dass er auf Barzahlung meiner Bemühungen bestand. Ganz zu schweigen von dem Honorar, das durch mich beglichen werden sollte.«

»Was für ein Honorar?«, hakte Enno nach.

»Der Mandant gab mir tausend Euro in bar mit der Anweisung, diesen Betrag an einen gewissen Holger Mundt auszuzahlen. Dieser Herr würde dann zu gegebener Zeit auf mich zukommen.«

Sie unterstrich ihre Worte, indem sie einen Briefumschlag aus der Handtasche zog und ihn öffnete. Darin befanden sich einige Hundert-Euro-Scheine. Und das Kuvert war mit dem Namen Holger Mundt beschriftet.

»Wissen Sie, wofür die Zahlung gedacht war?«

»Nein, Herr Moll. Ich fragte nach, aber Herr Kempe äußerte sich nicht. Da ließ ich die Sache auf sich beruhen.«

Mona bat: »Lassen Sie uns ganz von vorn beginnen. Sie haben Ihre Kanzlei in Düsseldorf. Kam es Ihnen nicht seltsam vor, dass Sie nach Borkum reisen und hier in bar bezahlt werden sollten? Das ist doch gewiss ungewöhnlich.«

»Ja, allerdings«, erwiderte die Juristin, »und als Herr Kempe mich anrief, dachte ich zunächst an einen schlechten Scherz. Und natürlich lasse ich mich nicht einfach auf solche seltsamen Geschichten ein. Ich beauftragte eine Handelsauskunftei damit, Volker Kempes Hintergrund zu durchleuchten. Das Ergebnis: Er ist – war – stiller Teilhaber eines erfolgreichen Unternehmens und verfügt über ein erhebliches Privatvermögen. Dass er im persönlichen Umgang seltsam war, steht auf einem anderen Blatt. Ich habe einige sehr wohlhabende Klienten, deren Verhalten von der Norm abweicht. Und da er meine Honorarforderungen akzeptierte, trat ich die Reise auf Ihre Insel an.«

»Darf ich fragen, was genau Sie für Ihren Mandanten erledigen sollten?«, wollte die Kommissarin wissen.

»Das Anwaltsgeheimnis ist Ihnen doch bestimmt geläufig«, gab Frau Dr. Stiller hochnäsig zurück. Mona merkte, wie ihre Zurückhaltung bröckelte: »Selbstverständlich, wir sind ja nicht von gestern. Aber diese Diskretion gilt hauptsächlich für lebende Mandanten, wenn ich es richtig sehe. Volker Kempes Tod könnte eine unmittelbare Folge des Auftrags sein, den Sie für ihn erledigen sollten.«

»Ja, das leuchtet mir ein, Frau Sander.«

Mona schaute sie erwartungsvoll an, doch bei dieser Erwiderung blieb es.

»Verraten Sie es uns oder muss ich vor Ihnen auf die Knie fallen?«, grollte Mona.

»Ihr Ton missfällt mir, aber ich will nicht unkooperativ erscheinen. – Es handelte sich genaugenommen um zwei Vorgänge: Erstens sollte ich als Notarin ein Testament zugunsten einer gewissen Hinrike Geerts aufsetzen, die mein Mandant als Alleinerbin einsetzen wollte.«

»Und zweitens?«, hakte die Kommissarin nach.

Die Anwältin sagte: »Zweitens ging es um eine Strafanzeige gegen Herrn Kempes Bruder Ansgar sowie seinen Neffen Thomas wegen Betrugs. Mein Mandant wollte als Nebenkläger auftreten und benötigte dafür meine juristische Expertise. Ich sollte bei einem späteren Strafprozess vor Gericht seine Interessen vertreten.«

Kapitel 6

Für einen Moment herrschte Ruhe in dem Dienstzimmer. Nur draußen auf der Strandstraße ertönte ein fröhliches Kinderlachen.

»Ich kenne Hinrike Geerts seit vielen Jahren«, sagte Enno.

Frau Dr. Stiller hob ihre sorgfältig gezupften Augenbrauen und bemerkte: »Das wundert mich nicht. Auf einer so kleinen Insel läuft man einander gewiss ständig über den Weg.«

Mona ging nicht auf die Bemerkung ein. Sie fragte: »Konnte Ihr Mandant Beweismaterial vorweisen? Oder ist er konkreter geworden, was den Betrugsvorwurf anbelangt?«

»Weder das eine noch das andere, Frau Sander. Herr Kempe gab an, dass die Justizbehörden zu gegebener Zeit die nötigen Unterlagen erhalten würden. Darum wollte er sich kümmern. Ich habe als Rechtsanwältin einen Ruf zu verlieren, das machte ich ihm deutlich. Ich hätte keine Strafanzeige wegen Betrugsverdacht gestellt, ohne die Details zu kennen. Das kann ich Ihnen versichern.«

In dieser Hinsicht kam Dr. Stefanie Stiller der Kommissarin sehr glaubwürdig vor. Diese Frau würde sich bestimmt nicht vor Gericht blamieren, indem sie völlig haltlose Anschuldigungen vorbrachte. Mona kam auf einen anderen Punkt zu sprechen: »Als Sie mit Volker Kempe in dem Andenkenladen waren, sollen Sie zu ihm gesagt haben, dass Sie und er noch etwas vorhätten. Worum ging es da?«

»Sie wollen es wohl ganz genau wissen! Aber das ist in Ordnung, ich schätze gründliche Arbeit«, gab die Juristin zurück. Sie fuhr fort: »Herr Kempe sollte mit mir ins Hotel kommen, um mir eine Prozessvollmacht zu erteilen. Ich hatte ihn gerade erst persönlich kennengelernt und war zugegebenermaßen etwas irritiert, weil er auf Servietten schrieb und Umschläge aus dem Müll holte. Aber wie gesagt, auch wohlhabende Mandanten können sehr exzentrisch sein. – Er folgte mir dann ins *Hotel Zu den Gezeiten* und leistete die Unterschriften. Danach nahm er sich eine Handvoll Bonbons aus der Glasschale, die auf der Rezeptionstheke steht.«

»Da sind Sie bestimmt vor Scham im Boden versunken«, vermutete die Kriminalistin.

Frau Dr. Stiller zuckte mit den Schultern: »Solche Momente der Irritation sind bei mir im Preis inbegriffen.«

Mona hielt die Juristin für einen Menschen, der sich nicht so leicht die Butter vom Brot nehmen ließ.

Enno fragte: »Haben Sie schon mit Hinrike Geerts Kontakt aufgenommen, um ihr von dem zu erwartenden Erbe zu berichten?«

»Nein, denn Herr Kempe wollte zunächst persönlich mit der Dame reden. – Das Thema wird sich nun wohl erledigt haben, denn ich konnte noch kein Testament in seinem Sinn aufsetzen. Falls kein vorheriges anderes Dokument existiert, wird die gesetzliche Erbfolge in Kraft treten.«

Das wussten die Kommissare natürlich auch. Mona betrachtete nun den Fall in einem ganz anderen Licht. War Volker Kempe getötet worden, weil sein Vermögen in der Familie bleiben sollte? Er war nicht verheiratet gewesen, und Vater schien er auch nicht gewesen zu sein. Angesichts seines Alters konnte man davon ausgehen, dass seine eigenen Eltern nicht mehr lebten. Also würden ohne ein existierendes Testament sein Bruder und dessen Angehörige das Vermögen des Exzentrikers erben. Die Stimme der Juristin riss Mona aus ihren Überlegungen: »Falls Sie keine weiteren Fragen haben, würde ich mich jetzt gern verabschieden. Aber ich habe mich spontan entschieden, noch ein paar Tage auf Borkum zu bleiben. Ich bin zuvor niemals hier gewesen, und ich stelle fest, dass mir etwas Entspannung guttun würde.«

Die Kommissarin wusste aus Erfahrung, dass viele Inselbesucher »Wiederholungstäter« waren und Jahr für Jahr das Eiland mit dem Hochseeklima aufsuchten. Doch im Fall von Dr. Stefanie Stiller blieb die Ermittlerin misstrauisch. Natürlich war es möglich, dass diese Dame den Stress ihres Berufs für kurze Zeit hinter sich lassen wollte. Oder – sie hatte hier noch etwas zu erledigen, das sie der Polizei wohlweislich verschwieg. Die Ermittlerin traute der Anwältin jedenfalls nicht über den Weg.

»Erzählst du mir von Hinrike Geerts?«, bat sie ihren Kollegen, nachdem Frau Dr. Stiller die Polizeiwache verlassen hatte.

»Hinrike ist ungefähr im Alter der Kempe-Brüder, sie bezieht seit ein paar Jahren Rente«, begann der Oberkommissar. »Sie ist verwitwet. Früher hat sie als Küchenhilfe in fast allen großen Hotels an der Jann-Berghaus-Straße gejobbt. Viel verdienen konnte Hinrike dort nicht, weil sie nur als Saisonkraft und stundenweise eingesetzt war. Aber ihr Ehemann war Steuermann auf Stückgutfrachtern, daher wird sie mit der Witwenrente ganz gut auskommen können. Sie ist ein ruhiger und in sich gekehrter Mensch, den man leicht übersieht. Ich wäre nie im Leben auf die Idee gekommen, dass

Volker Kempe sie als seine Alleinerbin einsetzen wollte. Irgendwoher müssen die beiden einander ja gekannt haben.«

»Fragen wir sie doch einfach«, schlug Mona vor.

Die beiden verließen die Wache. Enno wusste natürlich auch, wo die Witwe lebte. Sie hatte eine kleine Wohnung an der Hindenburgstraße, die sich vom Inselbahnhof bis zum *Café Sturmeck* erstreckte. Mit dem Dienstwagen erreichten sie ihr Fahrtziel innerhalb von fünf Minuten. Das Mehrfamilienhaus, in dem auch Hinrike Geerts lebte, befand sich auf dem Abschnitt zwischen Waterdelle und Barbaraweg. Enno drückte auf ihren Klingelknopf, und wenig später wurde der Türsummer betätigt. Die Rentnerin wohnte im Erdgeschoss. Sie war eine drahtige Frau, die nur unwesentlich größer als die eins dreiundsechzig messende Mona war. Hinrike Geerts schaute ihre Besucher fragend an, bis sich ihr braungebranntes Gesicht zu einem freundlichen Lächeln verzog: »Moin! Du … bist Enno Moll, nicht wahr? Und deine Begleiterin ist bestimmt auch bei der Polizei, man sieht euch ja öfter zusammen im Ortskern oder auf der Promenade.«

Die Kommissarin musste sich eingestehen, dass sie ihrerseits Hinrike Geerts nicht wiedererkannte. Die ältere Frau trug ihr graues Haar kinnlang, sie war mit einem dunklen Baumwollpullover und einer Cordhose bekleidet. Gewiss, die tiefe Bräune von Gesicht und Unterarmen zeugte davon, dass sie ganzjährig auf Borkum lebte. Die Insel war für ihre zahlreichen Sonnenstunden bekannt. Rein vom Äußeren her hätte Hinrike Geerts allerdings ebenso gut eine Touristin oder ein Kurgast sein können.

»Moin, Hinrike. – Ja, das ist meine Kollegin, Kommissarin Sander. Hast du etwas Zeit für uns? Es ist wichtig.«

Die Rentnerin wirkte völlig arglos. Mona konnte sie nicht einschätzen, da sie noch nie zuvor mit ihr gesprochen hatte. Doch in ihrem Beruf war es wichtig, sich möglichst schnell auf völlig fremde Menschen einstellen zu können. Falls diese Frau bereits mit einem Polizeibesuch gerechnet hatte, konnte sie dies jedenfalls hervorragend verbergen. Hinrike Geerts winkte die Beamten heran und trat zur Seite: »Ja, kommt doch herein. Hoffentlich ist nichts Schlimmes passiert.«

Sie lotste die Kommissare sogleich in ihre Wohnküche, wo es nach frisch gebackenem Butterkuchen roch. Der Oberkommissar bekam große Augen, als er das Backblech mit der Köstlichkeit erblickte.

Hinrike Geerts deutete seinen sehnsuchtsvollen Gesichtsausdruck richtig: »Du musst unbedingt ein Stück probieren, Enno. – Möchten Sie auch etwas von dem Kuchen, Frau Sander?«

»Ich bin die Mona«, gab die Ermittlerin zurück. Es wäre ihr affig vorgekommen, wenn die beiden anderen sich duzten und sie mit Hinrike Geerts beim Sie bleiben musste.

Die Gastgeberin setzte Wasser für Tee auf und versorgte die Kriminalisten mit Kuchen. Mona und Enno hatten in der Sitzecke Platz genommen. Der Ostfriese stützte seine Ellenbogen auf den mit einem bunten Wachstuch bedeckten Tisch und sagte: »Leider sind wir nicht für einen gemütlichen Plausch hergekommen. Wir müssen dir mitteilen, dass Volker Kempe nicht mehr lebt.«

Hinrike Geerts stand neben dem Herd und füllte heißes Wasser in die Teekanne. Dabei ließ sie sich nicht stören. Es war beinahe so, als ob die Worte des Oberkommissars gar nicht zu ihr durchgedrungen wären. Ihr Blick wurde glasig, zumindest kam es Mona so vor. Sie hätte zu gern gewusst, was der Rentnerin in diesem Moment durch den Kopf ging. Die Kommissarin war drauf und dran, ungeduldig nachzuhaken. Doch sie spürte, dass dies ein Fehler gewesen wäre. Mona musste sich selbst auf die Zunge beißen, um es nicht doch zu tun.

»Volker Kempe«, wiederholte Hinrike Geerts mit brüchiger Stimme, »ich weiß nicht, wie lange es her ist, seit ich diesen Namen zum letzten Mal gehört habe.«

»Er sagt dir also etwas?«

»Ja, Enno. – Was ist mit Volker geschehen? Er ist … war einige Jahre älter als ich.«

»Volker Kempe befand sich hier auf Borkum. Seine Todesumstände sind noch unklar, wir untersuchen sie. Leider können wir ein Verbrechen nicht ausschließen«, erklärte der Oberkommissar ruhig.

Hinrike Geerts nickte und agierte wie in Zeitlupe. Mona wusste nicht, ob dies ihre übliche Art war, sich zu bewegen. Jedenfalls bereitete die Rentnerin den Tee zu und stellte Kandis sowie Sahne und Tassen auf den Tisch, als ob sie gegen die Schwerkraft ankämpfen würde. Ihr Mienenspiel zeigte keine Trauer, eher so etwas wie Verwirrung oder grenzenloses Erstaunen.

»Ich verstehe nicht … warum hat Volker sich nicht bei mir gemeldet? Wollte er mich nicht wiedersehen? Er muss doch gewusst haben, dass ich auf Borkum wohne. Oder hat er geglaubt, dass Malte noch lebt?«

»Malte war Hinrikes Ehemann«, raunte Enno seiner Kollegin zu. Dann wandte er sich an die alte Frau: »Wir haben Grund zu der Annahme, dass Volker Kempe durchaus zu dir kommen wollte. Nach unseren bisherigen Erkenntnissen hatte er vor, dich als seine Alleinerbin einsetzen zu lassen. Er war nicht verheiratet und hat auch keine Kinder, von denen wir wüssten.«

»Ein Erbe? Warum das alles?«, murmelte Hinrike Geerts. Sie ließ sich auf einen Küchenstuhl fallen und senkte den Blick. Die Ermittler gaben ihr ein paar Minuten, um die Neuigkeiten ein wenig sacken zu lassen. Der Ostfriese überbrückte die Zeit, indem er etwas von dem Kuchen aß. Auch Mona biss in das noch warme Gebäck – weniger, weil sie Hunger oder Appetit gehabt hätte, sondern um ihre Ungeduld besser in den Griff zu bekommen. Monas Mutter bildete sich zwar gelegentlich ein, bei der Erziehung versagt zu haben, doch sie hatte ihre Tochter immerhin gelehrt, nicht mit vollem Mund zu sprechen. Und diese Anstandsregel befolgte die Kommissarin auch, zumindest in neunzig Prozent aller Fälle.

»Der Butterkuchen ist köstlich«, versicherte Enno, »und für uns wäre es sehr hilfreich, wenn du erzählst, woher du und Volker Kempe einander gekannt habt.«

Die Rentnerin nickte. Ihr Gesicht nahm nun einen träumerischen Ausdruck an, wie Mona fand: »Wusstest du, dass ich nicht immer auf Borkum gelebt habe?«

»Nein, das ist mir neu«, versicherte der Oberkommissar.

»Es waren auch nur wenige Monate, und das ist über dreißig Jahre her«, berichtete Hinrike Geerts. Sie fuhr fort: »Damals stach mich der Hafer, wie man so schön sagt. Ich hatte einen Job im Restaurant gekündigt, weil ich mich mit dem Chefkoch überhaupt nicht verstand. Es kam mir so vor, als ob die Insel mir zu eng wurde. Da habe ich mich in Hamburg beworben, als Serviererin. Es war eine Schnapsidee. Ich rechnete gar nicht mit einer Einstellung. Aber man brauchte wohl dringend Personal, auf jeden Fall bekam ich eine Zusage.«

»Zu der Zeit warst du ja noch mit Malte verheiratet«, stellte Enno fest. »War er denn mit deinem Umzug an die Elbe einverstanden?«

Sie zuckte mit den Schultern und antwortete: »Ich habe ihm zuerst gar nicht Bescheid gegeben. Malte befand sich ja auf der Südamerikaroute, an Bord eines Stückgutfrachters. Damals konnte man noch nicht so einfach ans andere Ende der Welt telefonieren, und es war auch sehr teuer. Außerdem hatten wir uns bei seinem letzten Landgang gestritten und ich war froh, ihn erst einmal nicht sehen zu müssen. – Ich packte also meinen Koffer und fuhr nach Hamburg. Schon am selben Abend bediente ich in dem Gartenlokal. Und dort lernte ich Volker kennen.« Hinrike Geerts lächelte plötzlich und sagte: »Ich hielt ihn sofort für einen Spinner!«

»Aus welchem Grund?«, hakte Mona nach.

»Volker bestellte für sich einen Kinderteller, dabei war er doch ein erwachsener Mann. Er behauptete, nicht so viel essen zu wollen. Der wahre Grund bestand natürlich darin, dass dies das günstigste Gericht auf der Speisekarte war. Ich wurde ärgerlich und hätte ihn am liebsten gar nicht erst bedient. Da wies mich unser Oberkellner hinter vorgehaltener Hand darauf hin, dass Volker aus einer sehr wohlhabenden Familie stammte und für seinen Geiz berüchtigt war. Und ich solle ihm servieren, was immer er wollte. Also tat ich, wie mir aufgetragen wurde. Volker verzehrte seine Mahlzeit und zahlte korrekt. Trinkgeld bekam ich natürlich keines.«

»Wie ging es dann weiter?«, wollte der Oberkommissar wissen.

»Am nächsten Tag wartete Volker nach meiner Schicht auf mich und fragte, ob ich mit ihm spazieren gehen würde. Ich fand den Vorschlag unverschämt, denn ich trug schließlich meinen Ehering. Andererseits benahm er sich nicht draufgängerisch. Es wirkte eher, als ob er seinen ganzen Mut zusammengenommen hätte. Und so blöd es klingen mag: Ich fand seine extreme Sparsamkeit sogar anziehend. – Enno, du kennst meine Familie. Bei uns war das Geld immer knapp, wir mussten jeden Pfennig dreimal umdrehen, bevor wir ihn ausgeben konnten. Meine Eltern und Geschwister sind nie so extrem gewesen wie Volker, aber Geldverschwendung war auch bei uns nie möglich. Außerdem zeigte sich nun, dass er sich nicht nur fürs Sparen interessierte, sondern auch – für mich.«

Die Rentnerin errötete und wich den Blicken der Kommissare aus.

»Wurdet ihr ein Liebespaar?«

»So könnte man es nennen, Mona. Es waren nur wenige Wochen, dieser Hamburger Sommer vor so langer Zeit … ich glaube, Volker fühlte sich glücklich und unbeschwert. Doch je länger es dauerte, desto stärker wurden meine Gewissensbisse. Immerhin war ich eine Ehefrau, und das wirft man nicht so einfach weg. So dachte ich jedenfalls damals. Und mein Heimweh nahm zu. Ich wollte nicht den Winter in dieser Großstadt verbringen, ich sehnte mich nach den stillen Borkumer Stränden, wenn man die Herbststürme herannahen fühlt. Ich beendete die Liebelei, kündigte meine Anstellung und kehrte auf die Insel zurück. Drei Tage später arbeitete ich schon wieder als Spülhilfe im *Hotel Teutonia*.«

Hinrike Geerts trank einige Schlucke Tee. Gewiss hing sie ihren Erinnerungen nach.

»Es scheint, als ob Volker Kempe dich nie vergessen hätte«, meinte die Kommissarin mit sanfter Stimme.

»Ja, das ist wohl so. Ich hingegen schämte mich für meine Untreue. Als Malte von seiner Reise zurückkehrte, versöhnten wir uns. Ich habe ihm niemals gebeichtet, dass ich fremdgegangen bin. Natürlich weiß ich nicht, wie es bei ihm mit der ehelichen Treue war. Es gibt ja in jedem Hafen leichte Mädchen, die hinter Seeleuten her sind. Da ich selbst ein schlechtes Gewissen hatte, habe ich niemals nachgebohrt.«

Enno beugte sich vor und sagte: »Damals, vor dreißig Jahren, bist du jedenfalls Volkers Freundin gewesen. Hat er sich dir anvertraut? Gab es Dinge, die ihn belastet haben?«

Hinrike Geerts schaute den Oberkommissar verständnislos an, dann begriff sie: »Du denkst an Feinde? An Menschen, die ihm vielleicht sogar den Tod gewünscht haben?«

»Wir müssen allen Hinweisen nachgehen«, betonte der Ostfriese, »auch wenn sich während eines so langen Zeitraums natürlich viel geändert haben kann.«

Es dauerte eine Weile, bis die Rentnerin wieder den Mund öffnete: »Volker hat unter seinem Zwillingsbruder gelitten, fürchte ich. Mehr als einmal beklagte er sich bei mir darüber, wie herrisch Ansgar wäre und dass er ihm nicht über den Weg trauen würde. – Aber das kann doch nicht sein, oder? Wer würde denn seinen eigenen Bruder töten?«

Darauf erwiderten die Kommissare nichts. Tatsächlich waren Gewaltverbrechen im engsten Familienkreis verbreiteter als die Gefahr, von einem völlig Unbekannten gemeuchelt zu werden. Aber diese Tatsache mussten sie Hinrike Geerts nicht aufs Butterbrot schmieren.

Mona stand auf und sagte: »Vielen Dank für den Butterkuchen. – Wir werden herausfinden, was mit Volker Kempe geschehen ist.«

»Es wäre schön gewesen, ihn noch einmal zu treffen«, murmelte die Rentnerin.

Die Ermittler versprachen, sie auf dem Laufenden zu halten. Als sie wieder draußen auf der Hindenburgstraße standen, meinte Enno: »Es würde mich nicht wundern, wenn Hinrike die einzige Frau in Volker Kempes Leben war. Er scheint ja ansonsten sehr zurückgezogen gelebt zu haben.«

Die Ermittlerin nickte: »Zumindest sind seine Gefühle für Hinrike Geerts ein überzeugender Grund dafür, dass er sie zu seiner Alleinerbin machen wollte – und gleichzeitig spricht dieses Vorhaben gegen ein harmonisches Verhältnis zu seinem Bruder und dessen Familie. Ansgar und sein Anhang hätten sich mit dem Pflichtteil zufriedengeben müssen. Ich bin keine Wirtschaftsexpertin, aber wenn Volker Kempes Anteil als stiller Teilhaber entsprechend hoch war, hätte das Unternehmen dadurch vielleicht in ernsthafte Schwierigkeiten geraten können.«

»Und das wäre ein überzeugendes Mordmotiv«, stellte der Oberkommissar fest.

Die beiden stiegen ins Auto und kehrten zur Polizeistation zurück. Als sie das Wachlokal betraten, hatte inzwischen Grietje Dienst. Sie deutete auf einen Mann, der auf der Besucherbank saß. Es war Ansgar Kempe. Bevor die junge Kollegin etwas sagen konnte, sprang er wie von der Tarantel gestochen auf: »Da sind Sie ja endlich! Ich versuche, Sie telefonisch zu erreichen.«

»Bei einer Befragung schalten wir unsere Handys aus«, begann Enno, doch der Bruder des Toten fiel ihm ins Wort: »Holger Mundt befindet sich auf Borkum! Ich verlange, dass Sie ihn sofort festnehmen. Dieser Erpresser will sich offensichtlich an meiner Familie rächen!«

Kapitel 7

»Uns ist bekannt, dass Holger Mundt hier ist«, erklärte Enno, »und wir haben bereits mit ihm gesprochen.«

»Ach, wirklich?«, gab Ansgar Kempe zurück. »Und warum läuft dieser Verbrecher noch frei herum?«

Mona lag die Bemerkung auf der Zunge, dass ihr momentaner Hauptverdächtiger in diesem Moment vor ihr stand. Doch es wäre ein grober Fehler gewesen, ihre Karten jetzt aufzudecken. Es sah nicht danach aus, dass Ansgar Kempe über die Sache mit dem Testament Bescheid wusste. Deshalb war es besser, sich bis auf Weiteres zurückzuhalten – auch wenn dies der Kommissarin besonders schwerfiel. Sie war ihrem Kollegen dankbar dafür, dass er die Gesprächsführung übernahm.

»Es gibt keine Hinweise darauf, dass Holger Mundt etwas mit dem Tod Ihres Bruders zu tun hat«, versicherte der Ostfriese.

»Und warum haben Sie dann mit ihm geredet?«

»Zu laufenden Ermittlungen dürfen wir uns nicht äußern«, erwiderte Enno in bestem Amtsdeutsch. Ansgar Kempe lachte, aber er klang nicht amüsiert. »Wissen Sie, was ich denke? Sie hier auf Ihrer kleinen Inselwache sind völlig überfordert mit einem Kriminalfall dieser Dimension, was Sie sich aber nicht eingestehen wollen. Aber ich werde Sie schon noch auf Trab bringen!«

Mit dieser Drohung verließ er die Polizeistation. Grietje streckte ihm die Zunge heraus, was er zum Glück nicht mehr sehen konnte.

»Der Typ dreht völlig am Rad!«, wütete sie. »Der hat mich behandelt, als ob ich seine Sekretärin wäre. Wenn nicht alle sofort springen, sobald er mit den Fingern schnippt, kriegt er anscheinend die Krise. Was bildet der sich überhaupt ein?«

Mona musste der jungen Kollegin im Stillen recht geben. Sie erinnerte sich an das, was Volker Kempe laut Hinrike Geerts über seinen Bruder gesagt hatte. Und das geplante Testament zugunsten seiner Geliebten von vor dreißig Jahren sprach nach Monas Meinung Bände. Aber wie hätte Ansgar Kempe seinen Bruder töten sollen? Es sah nicht danach aus, dass er in letzter Zeit auf Borkum gewesen war.

Enno sagte zu Grietje: »Unter uns gesagt ist dieser Herr ein Verdächtiger. Wenn er wieder auftaucht, darfst du dir auf keinen Fall anmerken lassen, dass wir ihn auf dem Radar haben.«

»Aye, aye, Käpt'n«, gab die sommersprossige Polizistin frech zurück, »ich werde lieb und süß und unschuldig wirken, wie immer.«

»Das war der Witz des Tages«, meinte Mona trocken und ging in ihr Dienstzimmer. Der Oberkommissar folgte ihr. Bevor sie miteinander sprechen konnten, klingelte das Telefon. Die Kommissarin griff zum Hörer, meldete sich mit Namen und Dienstgrad.

»Moin, hier ist Dr. Schenker vom gerichtsmedizinischen Institut Oldenburg. – Frau Sander, es geht um die männliche Leiche, die Sie uns zukommen ließen. Ich habe mit der Obduktion begonnen und wollte Ihnen vorab das Ergebnis mitteilen. Es dauert ja immer etwas, bis der schriftliche Bericht bei Ihnen eintrifft, da wir aktuell einen Mangel an Schreibkräften hinnehmen müssen …«

Mona verdrehte die Augen, was der Gerichtsmediziner am Telefon natürlich nicht sehen konnte. Er war höchst kompetent, doch mit seiner umständlichen Art stellte er für einen ungeduldigen Menschen wie die Kommissarin eine echte Herausforderung dar.

»Es ist sehr entgegenkommend von Ihnen, dass Sie gleich anrufen«, flötete sie so charmant wie möglich.

»Das versteht sich von selbst, zumal wir es hier mit einem besonders extremen Fall von Vergiftung durch *Ricinus communis* zu tun haben …«

»Sie sprechen von dem Gift Rizin?«

»Richtig, Frau Sander – und zwar in einer hohen Konzentration. Ihnen ist gewiss bekannt, dass es kein Gegenmittel gibt. Wenn man außerdem das Alter des Opfers berücksichtigt, so hatte der Mann nicht die geringste Chance. Es kam bei ihm zu einem multiplen Organversagen und einer Atemlähmung, die letztlich zum Tod geführt hat.«

»Wie wurde ihm die Substanz verabreicht?«, fragte Mona.

»Durch einen Stich, vielleicht mit einem in Rizin getauchten Gegenstand. Wie gesagt, die Konzentration war sehr hoch. Es gibt eine Einstichstelle am Arm, dort kann das Gift in den Körper gelangt sein.«

»Wie viel Zeit verging zwischen dem Stich und dem Tod des Opfers?«

»Maximal eine Stunde, vielleicht auch weniger. Das kann ich leider nicht genauer eingrenzen.«

Die Kommissarin überlegte. Auf Dr. Schenkers Angaben war Verlass. Da Volker Kempe allein in seinem Zimmer gewesen war, als er starb, musste er seinen Mörder – oder seine Mörderin – eine Stunde vor dem Einsetzen der Giftwirkung getroffen haben. Mona hakte nach: »Wann ist denn der Tod eingetreten?«

»Am 18. September, zwischen 18 Uhr abends und Mitternacht«, antwortete der Gerichtsmediziner. Die Kommissarin bedankte sich und beendete das Telefonat. Dann berichtete sie ihrem Kollegen, was sie soeben erfahren hatte.

»Wir brauchen Zeugen, um die letzten Stunden vor Volker Kempes Tod zu rekonstruieren«, entschied Enno. Er fuhr fort: »Der Täter kann ihn in aller Öffentlichkeit gestochen haben, wenn er sich nicht allzu ungeschickt angestellt hat. Natürlich wird Kempe der Schmerz nicht entgangen sein, aber er könnte an einen Insektenstich geglaubt haben. Als privat versicherter Geizkragen ist er jedenfalls nicht zum Arzt gegangen, so viel steht fest.«

»Was angesichts der hohen Dosis dieses tödlichen Gifts ohnehin nichts genutzt hätte«, ergänzte Mona. Sie fügte hinzu: »Und wenn die Tat nicht hinter verschlossenen Türen geschah, war es noch nicht mal notwendig, dass Mörder und Opfer einander kannten. – Stell dir vor, du gehst auf der Strandpromenade spazieren und spürst plötzlich einen Stich.«

»Dann würde ich jedenfalls nicht sofort mit einem Mordanschlag rechnen«, erwiderte der Ostfriese. »Es gab doch früher mal diese Fälle von Geheimagenten, die mit vergifteten Regenschirmspitzen getötet haben, und zwar mitten in einer Menschenmenge. Eine fadenscheinige Entschuldigung – ›Oh, wie ungeschickt von mir!‹ – und schon waren sie verschwunden. Eine gruselige Vorstellung.«

»Also könnte Ansgar Kempe einen Handlanger angeheuert haben, um seinen Bruder um die Ecke zu bringen«, meinte Mona. »Aus seiner Sicht wäre das eine elegante Lösung, zumal er noch nicht einmal persönlich auftauchen muss. Doch woher hätte er wissen können, dass Volker Kempe sich auf Borkum befindet? Wenn das spätere Opfer ihn mit dem Testament und der Betrugsanzeige in die Pfanne hauen wollte, wird er ihm sein Reiseziel wohl kaum auf die Nase gebunden haben.«

Plötzlich riss Grietje die Tür auf. »Hier ist Besuch für euch!«, verkündete die Polizeimeisterin und verschwand wieder.

Die Kommissarin befürchtete schon, dass Ansgar Kempe ihnen erneut auf den Wecker gehen wollte. Doch es war Elske Fokken, die zu den Ermittlern wollte. »Moin, hoffentlich störe ich euch nicht«, sagte die Pensionswirtin. »Ich hätte auch anrufen können, aber ich dachte, dass ich besser persönlich vorbeikomme.«

Enno stand auf und bot ihr seinen Besucherstuhl an. Ein Getränk lehnte Elske Fokken ab. Sie wirkte unruhig, als sie wieder den Mund öffnete: »Ich weiß nicht, ob es wichtig ist … eure Kollegen von der Spurensicherung waren ja in meiner Pension und haben Volker Kempes Zimmer akribisch durchsucht. Und da fiel mir ein, dass eine Blechkassette fehlt.«

»Bist du sicher?«

»Ja, Enno. Ich habe noch einmal darüber nachgedacht. Ich fragte einen Kriminaltechniker, ob sie so einen Behälter gefunden hätten. Er verneinte und bat mich, auf jeden Fall mit euch zu sprechen. – Am 12. September, als Volker Kempe anreiste, hatte ich noch keine frischen Handtücher ins Zimmer gebracht. Ich klopfte und trat ein. Ich weiß nicht, ob er mich gehört hat. Auf jeden Fall wirkte er erschrocken und versuchte, diese Blechkassette vor mir zu verstecken.«

»Konntest du einen Blick auf den Inhalt werfen?«, fragte Mona.

Die Pensionswirtin schüttelte den Kopf und antwortete: »Der Gast schien sehr darauf bedacht zu sein, mich schnell wieder aus dem Zimmer zu bekommen. Er nahm mir die Handtücher ab, bedankte sich überschwänglich und schob mich beinahe hinaus. Ich hatte ja von Anfang an bei ihm den Eindruck, dass er etwas … eigen wäre. Darum dachte ich mir nichts dabei. Ich hatte dieses Behältnis schon wieder fast vergessen, als ich mich daran erinnerte.«

»Das kann wichtig sein, Elske«, betonte die Kommissarin. »Versuche bitte, uns die Kassette möglichst genau zu beschreiben.«

Die Pensionswirtin zeigte auf den Pappordner mit der Dienstpost, der auf Monas Schreibtisch lag: »Also, diese Mappe hätte knapp hineingepasst.«

Also hätte man Dokumente im DIN-A4-Format in die Dose legen können, dachte die Ermittlerin. Die Pensionswirtin fuhr fort: »Ich glaube, in der Blechkassette wurden früher Kekse oder anderes Gebäck aufbewahrt. Auf dem Deckel war eine bunte gedruckte Zeichnung von zwei Kindern zu sehen, die in Schokokekse beißen. Und einen Schriftzug gab es auch, der allerdings ziemlich unleserlich war. Die beiden Kleinen waren altmodisch gekleidet und frisiert. Wahrscheinlich stammt die Dose aus den Zwanziger- oder Dreißigerjahren des vorigen Jahrhunderts.«

Elske Fokken war den Kommissaren als eine sehr zuverlässige Zeugin bekannt. Andernfalls hätte Mona ihre Zweifel an einer so detaillierten Aussage gehabt. Doch wenn die Pensionswirtin genau so einen Behälter bei Volker Kempe bemerkt hatte, dann konnte man sich auf ihre Angaben verlassen. Aber – wohin war die Blechkassette verschwunden? Hatte der Mörder sie an sich genommen? Oder konnte das Opfer sie rechtzeitig verstecken? Und vor allem – was befand sich in dem Behälter?

Während Mona diese Überlegungen durch den Kopf gingen, sagte Enno: »Wir haben diese Information auf jeden Fall notiert, Elske. Leider dürfen wir dir zu unserem Ermittlungsstand nichts sagen. Wir danken dir für deine Hilfe.«

»Ja, dann will ich euch nicht weiter aufhalten. Ich habe selbst noch eine Menge zu tun.«

Mit diesen Worten stand die Pensionswirtin auf und verließ den Raum. Mona bewunderte insgeheim die Energie und Tatkraft, mit der die ältere Frau ihren kleinen Betrieb am Laufen hielt. Die Kommissarin schaltete ihren Computer ein und tippte auf der Tastatur herum.

»Was machst du?«, wollte Enno wissen.

»Elske hat uns ja eine ziemlich gute Beschreibung des Gegenstands abgeliefert. Und ich dachte mir, dass ein Foto sogar noch besser wäre. Solche alten Blechkisten sind garantiert auch Objekte für Sammler, denn … schau mal, da haben wir ja schon so einen Behälter!«

Sie zeigte auf ihren Monitor. Ihr Kollege kam herüber und blickte ihr über die Schulter. Mona war auf einer Auktionsplattform für An- und Verkauf fündig geworden. Ein großes Farbfoto zeigte eine Dose, auf der ein Junge und ein Mädchen lachend in Kekse bissen. Darüber stand der Schriftzug *Confiserie Schuster, Hamburg*. Die Kommissarin erklärte: »Laut dem Verkäufer weist die Kassette nur leichte Gebrauchsspuren auf, ist ansonsten im Originalzustand. Hergestellt im Jahr 1928. Falls die Kekse noch drin sind, dürften sie kaum noch als solche zu erkennen sein. Vielleicht sollten wir uns die Dose zulegen, das Mindestgebot liegt bei 400 Euro.«

Der Ostfriese lachte und sagte: »Nee, lass mal – das übersteigt unsere Gehaltsklasse. Es wäre ja gut, wenn dieser Blechbehälter unseren Mordfall voranbringen würde. Aber wir sollten auch mit der Möglichkeit rechnen, dass ein Geizhals wie Volker Kempe diese

Kiste irgendwo gefunden und in seinen Besitz gebracht hat. Ich meine: 400 Euro für eine leere Keksdose, da musste einem Mann wie ihm doch das Herz aufgehen.«

»Leider ist dein Einwand nur allzu berechtigt«, gab Mona seufzend zu.

Ihr Telefon klingelte. Oltbeck war am Apparat: »Kommen Sie sofort in mein Büro! Und bringen Sie Herrn Moll mit!« Der Dienststellenleiter wartete keine Antwort ab, sondern legte sofort wieder auf.

»Wer war das, Mona?«

»Der Chef. Er hat eine saumäßige Laune, die er offenbar an uns auslassen will.«

»Das ist ja nichts Neues«, gab der Ostfriese gleichmütig zurück. An seiner tief entspannten Haltung perlten die Anwürfe seines Vorgesetzten üblicherweise ab, während Mona dank ihres Temperaments oft genug Kontra gab – wodurch die Stimmung nicht gerade verbessert wurde.

Die Kommissare gingen in Oltbecks Büro hinüber. Noch bevor sie sich setzen konnten, schnarrte er: »Ich hatte gerade einen sehr unangenehmen Anruf vom Bruder des Toten. Ansgar Kempe ist der Meinung, dass Sie einen Mordverdächtigen frei herumlaufen lassen.«

»Ja, das stimmt«, gab Mona zurück.

»Also ist Ihnen bekannt, dass dieser Holger Mundt Rachegelüste gegen die Familie hegen könnte – und Sie unternehmen nichts?«

»Das ist ein Missverständnis, Herr Oltbeck. Bei dem Mordverdächtigen handelt es sich nach unserer Einschätzung um Ansgar Kempe selbst.«

Der Hauptkommissar starrte Mona an, als ob sie sich über ihn lustig machen wollte. Bevor er endgültig explodieren konnte, sprang Enno für seine Kollegin in die Bresche. Der Ostfriese erklärte, was sie von der Rechtsanwältin, von Holger Mundt sowie von Hinrike Geerts erfahren hatten. Auch das Obduktionsergebnis erwähnte er und fügte hinzu: »Natürlich haben wir die Angaben des Erpressers überprüft. Zu einem Zeitpunkt, als Mundt Volker Kempe hätte vergiften können, war er gar nicht auf Borkum.«

»Ich verstehe, Herr Moll. Und wie sieht es mit Beweisen für diesen angeblichen Betrug aus, den Volker Kempe zur Anzeige bringen wollte?«

»Die konnten wir nicht finden – noch nicht«, musste Enno zugeben.
»Und ich bezweifle, dass Belastungsmaterial überhaupt existiert«, erwiderte der Chef. Seine schlechte Laune schien schon wieder verflogen zu sein. Stattdessen klang seine Stimme triumphierend, als er fortfuhr: »Meiner Meinung nach haben wir es einfach mit einer unglücklichen Familiensituation zu tun. Volker Kempe war ein Eigenbrötler, der von seinem Bruder sowie dessen Gattin und Kindern nichts wissen wollte. Es gab in seinem Leben nur eine Frau, bei der er Erfolg hatte: Hinrike Geerts. Es ist menschlich verständlich, dass er sie zur Alleinerbin machen wollte. Der Betrug, den er anzeigen wollte, kann einfach nur seiner Fantasie entsprungen sein.«
Wen interessiert schon deine Meinung?, dachte Mona genervt. Sie fragte: »Angenommen, Sie liegen richtig: Wer könnte dann Volker Kempe vergiftet haben?«
Oltbeck ließ sich nicht beirren: »Sie haben Holger Mundt als Verdächtigen zu schnell ausgeschlossen. Auch wenn er persönlich nicht anwesend war, kann er sehr wohl hinter dem Verbrechen stecken. – Versetzen Sie sich für einen Moment in seine Lage, Frau Sander. Mundt hat eine Haftstrafe verbüßt, weil sein Erpressungsversuch gescheitert ist. Wem hat er sein Schicksal zu verdanken? Er gibt der Familie Kempe die Schuld. Während er in der Justizvollzugsanstalt sitzt, bleibt reichlich Zeit für Rachepläne. Er wird entlassen, findet keinen Job und muss bei seiner Mutter wohnen. Plötzlich ruft Volker Kempe an und bietet Mundt eine Aufgabe, die ihm läppische tausend Euro einbringen soll! Diese Offerte muss für den Verbrecher ein Schlag ins Gesicht gewesen sein. Er tut so, als ob er einverstanden wäre. Doch in Wirklichkeit beauftragt er einen kriminellen Kumpan mit dem Giftmord. Mundt selbst bleibt natürlich erst einmal in Hamburg, um ein Alibi zu haben. Als er nach Borkum kommt, spielt er angesichts von Kempes Tod den Überraschten.«
Mona musste zugeben, dass es sich theoretisch so abgespielt haben konnte – allerdings nur, wenn Kempe vor dem 18. September mit Mundt Telefonkontakt aufgenommen hatte. Wie hätte der Erpresser andernfalls wissen können, dass sich Kempe in der Pension *Oude Hus* auf Borkum befand? Für einen Betrug durch Ansgar Kempe gab es jedenfalls keinen Beweis. Nur, weil sie diesen Mann nicht mochte, musste er keine Schuld auf sich geladen haben.
»Das Testament zugunsten von Hinrike Geerts wäre ein überzeugendes Mordmotiv für den Bruder gewesen«, beharrte sie.

»Ja – sofern Ansgar Kempe davon wusste. Volker Kempe ist doch gelegentlich für kürzere Zeiträume verschwunden, wenn ich das richtig verstanden habe. Warum hätte sein Bruder ausgerechnet diesmal misstrauisch werden sollen?«

Auf diese Frage des Chefs fand Mona keine passende Antwort.

»Es war vielleicht wirklich voreilig von uns, Holger Mundt außen vor zu lassen. Wir könnten ihn beschatten, falls er noch länger auf der Insel bleiben will«, schlug Enno vor. »Denn es ist ja möglich, dass er sich mit einem Komplizen trifft. Und wenn er wieder abreist, können die Hamburger Kollegen seine Kontakte unter die Lupe nehmen. Dann wird sich schnell herausstellen, ob eine dieser Personen zur fraglichen Zeit auf Borkum gewesen ist.«

»Ja, tun Sie das. Und was ist mit dieser Rechtsanwältin?«, wollte Oltbeck wissen.

»Mir ist nicht klar, was für ein Motiv Dr. Stefanie Stiller für den Mord an ihrem Mandanten haben könnte«, gab Mona zu bedenken. »Sie hat ihn nach unserem Kenntnisstand nur ein einziges Mal persönlich getroffen.«

»Nach Ihren Schilderungen war Volker Kempes Verhalten ja etwas … gewöhnungsbedürftig. Wäre es denkbar, dass er sich der Juristin unsittlich genähert hatte und dadurch eine harte Reaktion heraufbeschworen hat?«

Oltbecks Idee war nicht völlig abwegig, wie Mona fand. Ihrer Einschätzung nach war die Rechtsanwältin eine Person, die sich ganz gewiss nichts gefallen ließ – auch keine Frechheiten eines Mandanten. Zumindest war dies eine Möglichkeit, die man nicht völlig außer Acht lassen durfte. Außerdem war Frau Dr. Stiller zumindest zeitweise gemeinsam mit Volker Kempe unterwegs gewesen. Sie hätte also durchaus Gelegenheit dazu gehabt, ihm das tödliche Gift zu verabreichen. Warum sie die Substanz allerdings hätte mit sich führen sollen, war eine ganz andere Frage.

»Die Verhaftung von Holger Mundt können wir aber nach wie vor nicht garantieren«, stellte Mona klar.

Diesen Seitenhieb hatte sie sich nicht verkneifen können, aber ihr Vorgesetzter wiegelte ab: »Ich werde es schon schaffen, Herrn Kempe zu beruhigen. Immerhin liegt inzwischen das Obduktionsergebnis vor, er muss also anerkennen, dass es mit unseren Ermittlungen vorangeht. Überzeugen wir den Herrn einfach davon, dass wir hier auf Borkum genauso professionell arbeiten wie in Hamburg!«

Mit diesen Worten beendete der Chef die Besprechung. Nachdem die beiden sein Büro verlassen hatten, sagte Enno: »Ich finde, dass wir uns jetzt eine Mittagspause redlich verdient haben.«

»Ja, da bin ich deiner Meinung.«

Als sie die Wache verlassen wollten, sprach Grietje sie an: »Vorhin ist dieser Typ hier aufgekreuzt, den ihr gestern schon mal angeschleppt habt. Er stellte sich als Holger Mundt vor und gab Bescheid, dass er jetzt in der *Pension Schrage* wohnt. Das wolltet ihr angeblich wissen.«

»Danke, Grietje«, gab der Ostfriese zurück.

Diesmal gingen die Kommissare in die *Brasserie Stadtschänke*, die sich ebenfalls in der Franz-Habich-Straße befand. Sie fanden in dem gemütlichen Lokal einen Tisch am Fenster. Enno bestellte sich ein Pfefferschnitzel mit Pommes Frites, Mona entschied sich für Spaghetti Bolognese. Außerdem orderten sie alkoholfreies Bier. Die Ermittlerin nahm einen Schluck und sagte: »Meinetwegen können wir Mundt observieren, obwohl ich es für Zeitverschwendung halte. Angenommen, diese Blechkiste enthält Belastungsmaterial, um Ansgar Kempe des Betrugs zu überführen …«

Der Oberkommissar hob den Zeigefinger. »Falls Ansgar Kempe den Brudermord in Auftrag gegeben hat, wird der Behälter beziehungsweise dessen Inhalt längst vernichtet sein«, meinte er. »Es sei denn, Volker Kempe hätte diese Gefahr vorausgesehen und den Behälter irgendwo versteckt.«

»Es wäre jedenfalls gut, wenn wir die Kassette fänden«, stellte Mona fest. Sie fuhr fort: »Wir sollten uns vor Augen führen, dass Kempe nicht ohne Grund die ›Damen und Herren von der Mordkommission‹ angeschrieben hat. Es wäre gut möglich, dass in seinen Worten ein Hinweis auf die Blechkassette versteckt ist.«

Die Kriminalistin hatte die Serviette abfotografiert, bevor sie diese zur kriminaltechnischen Untersuchung schickte. Sie vertiefte sich in die seltsamen Formulierungen, wobei ihr besonders der Hinweis auf die Eule Kopfzerbrechen bereitete. Eulen? Auf Borkum gab es gefiederte Freunde aller Art, die Insel war auch ein Eldorado für Hobby-Vogelkundler. Aber wo war der Bezug zu der verschwundenen Blechdose? Sie fragte ihren erfahrenen Kollegen um Rat.

»Vielleicht sind ja Eulen im übertragenen Sinn gemeint«, vermutete der Ostfriese. »Kempe stammt ja aus Hamburg, und dort hat man Polizisten früher spöttisch als Udel bezeichnet, also vom plattdeutschen Wort Uhl für Eule abgeleitet.«

»Demnach sind wir also die Eulen?«

»Das wäre zumindest eine Möglichkeit«, meinte Enno.

»Und warum nannte man uns so?«

»Wir wachen über den Schlaf der braven Bürger, so wie unsere Vorgänger, die Nachtwächter – oder eben die Eulen.«

»Was sich der Volksmund nicht so alles einfallen lässt«, gab Mona zurück. »Leider habe ich immer noch keine zündende Idee, wo sich die Blechkiste befinden könnte.«

Zum Glück wurde nun das Essen serviert, und die Kommissare stärkten sich zunächst. Nachdem sie ihren Teller geleert hatte, sagte Mona: »Ich melde mich freiwillig, um Mundt zu observieren. Schade, dass wir keine Mobilnummer von ihm haben, dann könnten wir sein Gerät einfach orten.«

»Angesichts der mangelhaften Beweislage würden wir dafür sowieso keinen Gerichtsbeschluss bekommen«, gab ihr Kollege zu bedenken.

»Du hast ja recht, wie immer. Also muss ich ihm ganz altmodisch nachschleichen. Diese *Pension Schrage*, wo er sich einquartiert hat, befindet sich doch in der Norderreihe?«

»So ist es.« Mit diesen Worten griff Enno zum Smartphone.

»Wen rufst du an?«, wollte sie wissen.

»Knut Liefers, so heißt der Pensionswirt. Es wäre doch hilfreich, wenn wir wüssten, in welchem Zimmer er Mundt einquartiert hat.«

Der Ostfriese bekam die Auskunft im Handumdrehen. Er bedankte sich und wandte sich dann wieder an Mona: »Der Verdächtige hat Zimmer Nummer drei bezogen. Es befindet sich an der Ostseite des Hauses, und zwar im Erdgeschoss ganz links, wenn du aus Richtung Lange Fenne kommst.«

»Dann werde ich mich mal so gut wie möglich unsichtbar machen«, gab die Kommissarin augenzwinkernd zurück, »und darauf hoffen, dass Mundt sich wirklich mit einem Komplizen trifft und nicht in seinem Zimmer nur Däumchen dreht.«

»Währenddessen versuche ich, Zeugen für die letzten Stunden vor Volker Kempes Tod aufzutreiben«, kündigte der Oberkommissar an.

Kapitel 8

Die Beschattung von verdächtigen Personen gehörte für Mona nicht zu den bevorzugten Facetten der Polizeiarbeit. Manchmal vergingen lange Stunden oder ganze Tage, ohne dass sich etwas Erwähnenswertes ereignete. Dennoch mussten diese Aufgaben erledigt werden, denn auch in modernen Zeiten mit Abhörtechnik und Ortungsmöglichkeiten war die genaue Beobachtung einer Person durch nichts zu ersetzen. Oft konnte die Kriminalistin schon an der Körpersprache eines Menschen erkennen, was dieser vorhatte. Natürlich durfte sie selbst nicht gesehen werden, wenn ihr Vorhaben von Erfolg gekrönt sein sollte.

Zum Glück bin ich nicht gerade hochgewachsen, dachte sie mit einem Anflug von Selbstironie. Nachdem sie und Enno gezahlt hatten, verabschiedete sie sich von ihrem Kollegen und eilte zur Norderreihe. Diese schmale Straße wurde von normalen Wohngebäuden, Ferienhäusern und einigen preiswerten Frühstückspensionen gesäumt. Zu Letzteren gehörte auch die *Pension Schrage*. Die Kommissarin kannte diesen Beherbergungsbetrieb nicht von innen, war allerdings schon oft daran vorbeigegangen. Während sie sich ihrem Ziel näherte, dachte sie bereits über gute Versteckmöglichkeiten nach. Aber – wie groß war die Chance, dass Mundt sich überhaupt in seiner Bude befand? Nach Monas Erfahrung kamen die meisten Touristen nicht nach Borkum, um in ihrem Zimmer oder ihrer Ferienwohnung zu hocken. Sie wollten am Strand relaxen oder die zahlreichen Naturschutzgebiete erkunden, ob nun zu Fuß oder mit einem Leihrad. Ganz zu schweigen von den Kurgästen, die im Rahmen ihres Aufenthalts zum Frühsport am Strand motiviert wurden und auch später am Tag immer wieder an die frische Luft kamen. Die Ermittlerin schaute Richtung Himmel. Am Horizont ballten sich bereits einige dunkle Wolken. Das Wetter schlug auf der Insel sehr schnell um, mit Regenschauern musste man stets rechnen, vor allem im nun heraufziehenden Herbst.

Mona hatte inzwischen die Lange Fenne erreicht und näherte sich von dieser Straße aus langsam einer möglichen Beobachtungsposition. Wenn Mundt sie bemerkte, konnte sie ihre Mission vergessen. In einer Großstadt hätte man ein ganzes Observierungsteam aus Kollegen zur Verfügung gehabt, die dem Verdächtigen noch unbekannt waren. Doch dafür hatte die kleine Inselwache kein Personal zur Verfügung. Oltbeck jammerte sowieso ständig über die chronische Unterbesetzung der Stellen. Während der Kommissarin diese Gedanken durch den Kopf gingen, schaute sie sich an der Straßenecke genauer um. Auf dem Grundstück neben der *Pension Schrage* stand ein Ferienhaus. Mona hatte nach einigen Jahren auf der Insel einen Blick dafür entwickelt, welche Gebäude ganzjährig fest bewohnt wurden und welche nicht. In diesem Fall war keine besondere Detektivarbeit erforderlich, denn in einem Fenster hing ein großes Schild mit den Worten FERIENHAUS FREI sowie einer Mobilnummer. Es gab neben dem Haus einen Carport, in dem zwei Mülleimer standen. Eine hüfthohe Hecke bildete die Grenze zum Grundstück des Pensionsbesitzers.

Es begann zu regnen. Mona duckte sich hinter die Kunststofftonnen. Nun war sie von der Straße aus so gut wie unsichtbar. Trotzdem war es immer noch möglich, dass ein aufmerksamer Passant sie für eine Einbrecherin hielt, bei der Polizei anrief und ihre Mission vermasselte. Sie beschloss, dass dies einfach nicht passieren durfte. Das Wetter spielte ihr in die Hände. Die Norderreihe gehörte ohnehin zu den Borkumer Straßen ohne nennenswerten Durchgangsverkehr. Es wurde immer dunkler, und die Straßenbeleuchtung deckte den Unterschlupf der Kommissarin nicht ab. Sie blickte zum Nachbargrundstück hinüber. In einigen Zimmern der Pension brannte Licht, allerdings nicht in Mundts Raum. Mona unterdrückte einen Fluch. Der Verdächtige würde sich nicht schon schlafen gelegt haben, es war gerade erst siebzehn Uhr. Es gab auf der Insel mehr als genug Lokale, in denen sich ein Kerl wie Mundt die Zeit vertreiben konnte. Vielleicht hatte er ja seinen Komplizen längst getroffen – sofern dieser überhaupt existierte!

Es war, als ob die Ermittlerin durch ihre Überlegungen das Erscheinen des Erpressers heraufbeschworen hätte. Ungefähr eine Viertelstunde später sah sie ihn, als er aus Richtung Inselbahnhof auf die Pension zueilte. Zunächst erkannte sie ihn nicht, weil sein Gesicht durch seinen Regenschirm verdeckt wurde. Doch dann stülpte eine Bö den Schirm um, und Mona erblickte Mundt. Trotz der Entfernung gab es keinen Zweifel, dass er es war, denn nun trat er unter den Lichtkegel der Lampe über dem Eingangsportal. Im nächsten Moment war er im Gebäude verschwunden. Die Kommissarin musste noch einige Minuten warten, dann flammte das Deckenlicht in Mundts Zimmer auf. Sie rief ihren Kollegen an: »Enno, der

Verdächtige hat sich nasse Füße geholt und ist in die Pension zurückgekehrt. Wie sieht es bei dir aus?«

»Ich habe mich noch einmal mit Elske Fokken kurzgeschlossen. Volker Kempe hatte keine Kontakte zu anderen Gästen ihrer Pension. Natürlich ist es trotzdem möglich, dass einige von ihnen den Mann während der Stunden vor seiner Vergiftung bemerkt haben. Er war ja eine Persönlichkeit, die man wahrscheinlich nicht so schnell vergisst. Beim Frühstück hat er beispielsweise niemals gefehlt und sich auch noch die Essensreste von anderen Tischen zu Gemüte geführt.«

»Ja, ich kann mir vorstellen, dass man sich an so jemanden erinnert«, erwiderte die Kommissarin. »Ich melde mich wieder, wenn es etwas Neues gibt.«

Mit diesen Worten beendete sie das Telefonat. Sie hatte leise gesprochen, von der *Pension Schrage* aus war sie gewiss nicht zu verstehen gewesen. Während der Regen weiter auf das Dach des Carports prasselte, spann Mona ihre Überlegungen weiter: Aus welchem Grund blieb Mundt noch auf der Insel? Hatte er wirklich keine Ahnung von dem Auftrag, den er angeblich für Volker Kempe ausführen sollte? Wollte er versuchen, die Situation zu seinen Gunsten auszunutzen und mit weitaus mehr als tausend Euro zu verschwinden? Bei der Unterredung mit dem vorbestraften Kriminellen hatte die Kommissarin nicht den Eindruck gehabt, dass ihr ein verbrecherisches Superhirn gegenübersaß. Andererseits: Während seines Aufenthalts in der Haftanstalt war für Mundt genügend Gelegenheit gewesen, um sich »fortzubilden«, indem er Tipps und Tricks von anderen Insassen lernte. Sie führte sich vor Augen, dass sie diesen Mann auf keinen Fall unterschätzen durfte.

Der Regen hörte schon nach einer Dreiviertelstunde wieder komplett auf. Die Luft blieb feucht, und der Wind nahm an Stärke zu. Mona war dankbar für ihre Wetterjacke, die sie vor Nässe und Kälte schützte. So mancher Tourist, der im September auf Borkum noch in T-Shirt und kurzen Hosen unterwegs war, würde sich einen Schnupfen holen.

Mundt schaltete das Licht in seinem Zimmer aus, woraufhin Monas Pulsschlag sich erhöhte. Ob er jetzt schon an der Matratze horchen wollte? Nein, er verließ die Frühstückspension erneut. Den Schirm hatte er bei sich, offenbar traute er dem Wetter auf der Hochseeinsel nicht. Doch solange er nicht noch einen anderen Verdacht hegte, sollte es ihr recht sein. Die Körpersprache des Mannes deutete jedenfalls nicht darauf hin, dass er unter einer besonderen Anspannung stand. Die Kommissarin gab ihm ein wenig Vorsprung, bis sie aus ihrem Versteck heraustrat und ihm folgte. Momentan war außer den beiden kein Mensch auf der Straße zu sehen. Wenn Mundt sich jetzt spontan umdrehte, würde sie sich noch in einen Hauseingang drücken oder hinter einer Hecke in Deckung gehen können. Das war nicht möglich, wenn sie zu nahe an ihn herankam. Er bog rechts in die Kirchstraße ab und ging dann am Kriegerdenkmal vorbei Richtung Neuer Leuchtturm. Auf diesem Weg gab es keine Versteckmöglichkeiten mehr, deshalb fiel Mona noch weiter zurück. Rund um den imposanten Turm waren mehr Passanten unterwegs. Sie konnte den Verdächtigen allerdings immer noch im Blickfeld behalten. Ob er verabredet war? Das würde sich hoffentlich bald zeigen. Sie nahm noch einmal mit dem Oberkommissar Kontakt auf: »Die Zielperson hat ihre Behausung verlassen und geht jetzt offenbar Richtung Strand. Ich bin gleich auf der Höhe vom *Hotel Upstalsboom* und folge dem Verdächtigen in die Viktoriastraße.«

»Brauchst du Unterstützung?«

»Nee, nicht nötig. Ich schätze, er hat mich noch nicht bemerkt.«

»Pass auf dich auf.«

»Aber immer doch«, versicherte Mona und steckte das Telefon wieder weg. Es begann allmählich zu dämmern, und die untergehende Sonne sowie die orange gefärbten Schleierwolken am Horizont über der Nordsee boten einen herrlichen Anblick. Die Ermittlerin ließ sich davon trotzdem nicht die Konzentration rauben und hielt sich möglichst nahe an den Häuserwänden. Und das war gut so, denn plötzlich blieb Mundt stehen und drehte sich um. Mona war reaktionsschnell genug, dass sie mit einem Hechtsprung hinter dem steinernen Treppenaufgang der *Fachklinik Helena am Meer* verschwand.

Ob er Lunte gerochen hat?, fragte sie sich. Doch als sie den Kopf vorsichtig hob, setzte der Verdächtige seinen Spaziergang im selben Tempo wie zuvor fort. Nichts deutete darauf hin, dass sie von ihm bemerkt worden war. Sie beschleunigte ihre Schritte. An der Jann-Berghaus-Straße verlor sie Mundt kurzfristig aus den Augen. Das lag daran, dass er die breite Steintreppe zur Promenade hinuntergestiegen war. Entweder wollte der Verdächtige den Ausblick auf Strand und Nordsee allein genießen oder er hatte eine Verabredung. Diese beiden Varianten erschienen der Kommissarin am wahrscheinlichsten. An der Promenade gab es einige Lokale, die sich für ein Treffen eigneten. Es dauerte nicht lange, bis Mona Mundt wieder im Blickfeld hatte. Er betrat die Beachbar *Chillers*, schaute sich suchend um. Die meisten Gäste ließen sich hier normalerweise im Außenbereich nieder, aber der Regen hatte sie vertrieben. Auch im Inneren des Lokals herrschte noch nicht viel Betrieb, wahrscheinlich war es zu früh. Der Verdächtige hatte seine Verabredung immerhin gefunden. Er setzte sich zu einer Frau, die Mona sehr bekannt vorkam.

Es war die Rechtsanwältin Dr. Stefanie Stiller.

Kapitel 9

Leider konnte die Ermittlerin den Gastraum nicht betreten, denn in dem Fall wäre sie von den beiden sofort entdeckt worden. Es gab ohnehin keine Möglichkeit, sie zu belauschen, denn die Tische links und rechts von ihnen waren verwaist. Mona blieb nichts anderes übrig, als das ungleiche Paar aus sicherer Entfernung von draußen zu beobachten. Immerhin gelang es ihr, ein paar Fotos von der Juristin und dem Erpresser zu machen. Sie zoomte mit ihrer Smartphone-Kamera so nah heran, wie es möglich war. Dann rief sie den Oberkommissar an: »Die elegante Anwältin hat offenbar vergessen, dass sie Mundt bereits kennt! Oder sie hielt es für clever, uns dies zu verschweigen. Jedenfalls sitzen die beiden einträchtig im *Chillers* und hecken irgendetwas aus. Am liebsten würde ich sie zur Rede stellen.«

»Wir sollten dieses Wissen lieber für uns behalten und beide Personen später getrennt voneinander befragen«, riet der erfahrene Kriminalist. »Wenn sie sich dann in Widersprüche verwickeln, kann das für uns nur von Vorteil sein.«

Damit hatte Enno zweifellos recht, und Mona wollte auf gar keinen Fall durch eine unbedachte Aktion die Ermittlung gefährden. Sie sagte: »Wen soll ich verfolgen, wenn sie getrennt voneinander verschwinden?«

»Du behältst am besten Mundt im Blickfeld. Ich komme zu dir, dann kann ich mich an Frau Dr. Stillers Fersen heften.«

Der Kommissarin lag die Bemerkung auf der Zunge, dass ihr Kollege alles andere als unauffällig war. Doch der Ostfriese war grundsätzlich sehr wohl in der Lage, eine Person zu verfolgen. Er war nur viel schwieriger zu übersehen als Mona selbst.

»In Ordnung, ich bin bei der Musikkuppel.«

Mit diesen Worten beendete sie das Telefonat und beobachtete weiterhin die beiden in der Strandbar. Ob Oltbeck am Ende doch recht hatte mit seiner Vermutung, dass Mundt sich an der Familie Kempe rächen wollte? Aber worin konnte die Rolle der Juristin bestehen? Ein armer Schlucker wie Mundt konnte ihr gewiss nicht das Honorar bieten, das sie für ihre Dienste üblicherweise kassierte. Oder gab es eine andere, eine nicht berufliche Verbindung zwischen ihnen? Mona konnte sich diese Frau und diesen Mann beim besten Willen nicht als ein Liebespaar vorstellen. Auch wenn sie das

Gespräch zwischen ihnen nicht belauschen konnte, so sprach doch die Körperhaltung der Anwältin Bände. Sie saß aufrecht am Bistrotisch und gestikulierte mit knappen, präzisen Bewegungen. Ein Flirt sah nach Meinung der Kommissarin anders aus.

Zwanzig Minuten später traf ihr Kollege ein. Von ihrem Standort bei der Musikkuppel, von der aus während der Saison mehrmals täglich Live-Acts die Urlauber unterhielten, konnten sie das Paar im *Chillers* unauffällig beobachten.

»Die Dame zahlt«, stellte Enno fest, »dann werden sie wohl gleich aufbrechen.«

Mona nickte. Momentan gab es nichts weiter zu besprechen, die Aufgaben waren verteilt. Mundt gab Frau Dr. Stiller die Hand, dann trat er aus der Strandbar und wandte sich nach rechts. Obwohl inzwischen die Nacht heraufzog, waren auf der hell beleuchteten Promenade noch zahlreiche Spaziergänger unterwegs. Die Ermittlerin nutzte einige von ihnen als Deckung, um an dem Verdächtigen dranzubleiben. Mundt ging Richtung Nordbad, schlug dann den Weg zu den Norddünen ein. Dort ließ die Beleuchtung zu wünschen übrig, das weitläufige und unübersichtliche Naturschutzgebiet wurde von etlichen Wander- und Radwegen durchzogen. Das war eine passende Umgebung für ein geheimes Treffen, während Mundts Verabredung mit der Anwältin in aller Öffentlichkeit stattgefunden hatte. Wollte er jetzt also vielleicht zu seinem Komplizen gehen? Mona hatte jedenfalls nicht vor, sich abschütteln zu lassen. Das war allerdings leichter gesagt als getan. Noch reichten die Lichtverhältnisse aus, um dem Verdächtigen ohne Lampenlicht folgen zu können. Sie kam an der Gedenktafel des *Drinkeldodenkarkhofs* vorbei. Diese erinnerte an die vielen namenlosen Ertrunkenen, die man in früheren Jahrhunderten am Strand gefunden und in den Dünen verscharrt hatte. Es gab Menschen, die sich deshalb nicht hierher trauten. Doch Mona glaubte nicht an Geister, nur an Gefahren aus Fleisch und Blut. Sie musste sich eingestehen, dass sie den Sichtkontakt zu Mundt verloren hatte. Vor ihr war eine Weggabelung. In welche Richtung konnte er gegangen sein? Zu beiden Seiten ragten Dünen auf, die letzte Wegbeleuchtung hatte sie schon ein Stück weit hinter sich gelassen. Ob sie die Taschenlampenfunktion ihres Smartphones aktivieren sollte? Doch dadurch war sie selbst ebenfalls gut zu erkennen. Sie lauschte, doch außer dem Kreischen der Möwen und dem Brausen der Brandung ein Stück weit von ihr entfernt war nichts zu hören.

Ihr Gegner schlich sich lautlos heran. Sie bemerkte nur ein leises Knirschen hinter sich. Als Mona den Kopf drehen wollte, bekam sie einen fürchterlichen Schlag auf den Schädel. Im Handumdrehen war sie von pechschwarzer Finsternis umgeben.

*

Als sie die Augen wieder aufschlug, wurde die Kommissarin geblendet.

»Sie kommt zu sich«, sagte eine Männerstimme. Sie gehörte Dr. Siemers, dem Notarzt. Dies realisierte Mona sofort, obwohl es ihr ziemlich mies ging. Ihr Kopf schmerzte, sie schmeckte Blut. Wahrscheinlich hatte sie sich selbst auf die Zunge oder die Lippe gebissen.

»Wie schlimm ist es?«

Es war Enno, der diese besorgt klingende Frage stellte. Sehen konnte Mona ihn nicht, denn der Mediziner leuchtete immer noch mit seiner Taschenlampe in ihre Pupillen.

»Wenn Sie so weitermachen, bin ich gleich blind«, brachte sie krächzend hervor. Sie spürte Finger, die vorsichtig ihren Hinterkopf betasteten.

»Ein Schädelbasisbruch liegt nicht vor, aber eine Gehirnerschütterung ist nicht auszuschließen«, erklärte Dr. Siemers.

»Unsinn, mir fehlt nichts«, behauptete Mona. Sie wollte sich aufrichten, spürte den Sand unter ihren Handflächen. Das war keine gute Idee, denn nun begann sich in ihrem Kopf ein Karussell zu drehen. Zumindest kam es ihr so vor.

»Ich nehme Sie jetzt mit, Frau Sander. Keine Widerrede«, sagte der Arzt.

»Diese Art von Frau bin ich nicht«, scherzte sie, »und auf dem tiefsten Grund meiner Seele habe ich viele Hemmungen.«

»Keine Sorge – Sie kommen nicht zu mir nach Hause, sondern ins Krankenhaus. Und zwar in ein Einzelzimmer. Morgen früh sehen wir dann weiter«, gab der Mediziner zurück. Er kannte Monas Gewohnheit, Schmerzen mit Humor zu überspielen. Sie war schon öfter seine Patientin gewesen. Die Sanitäter hoben sie auf eine Trage.

»Enno, du musst dir Mundt vorknöpfen!«, sagte sie in die Richtung, wo sie ihren Kollegen vermutete. »Ich weiß nicht, ob er mir den Scheitel nachgezogen hat – aber vielleicht wird er ja nervös, wenn du ihn dir zur Brust nimmst. Wir müssen jedenfalls herausfinden, wen er in den Dünen treffen wollte.«

»Ich kümmere mich, keine Sorge«, versicherte der Oberkommissar.

»Sie haben jetzt erst einmal Sendepause, Frau Sander«, bestimmte Dr. Siemers.

Kapitel 10

Als Mona aufwachte, fühlte sie sich wie in Watte gepackt. Vorsichtig öffnete sie die Augen und erblickte eine weiße Fläche. Als sie genauer hinschaute, sah sie, dass es sich um die Zimmerdecke eines Krankenzimmers handelte. Die Kommissarin wusste, wie es in dem kleinen Inselhospital aussah. Sie hatte hier schon oft genug sowohl Opfer als auch Täter besucht, und sie war ab und an selbst Patientin gewesen – wenn auch nicht für einen langen Zeitraum, denn bisher hatte sie trotz ihres gefährlichen Berufs noch keine schwerwiegenden Verletzungen erlitten. Auch diesmal schien Mona mit dem sprichwörtlichen blauen Auge davongekommen zu sein. Ihr Schädel fühlte sich eigenartig taub an, doch sie konnte Finger und Zehen bewegen. Jemand hatte ihr einen Kopfverband angelegt. Sie drehte sich im Bett und schaute auf den kleinen Wecker, der sich auf dem Nachtschrank befand. Es war acht Uhr morgens.

Ich muss zum Dienst!, dachte sie panisch. Doch als sie die Beine auf den Boden schwingen wollte, bemerkte sie, dass sie nur mit einem gepunkteten Nachthemd bekleidet war. Ob sich ihre Kleidung in dem Schrank auf der gegenüberliegenden Seite des Zimmers befand? Während sie sich diese Frage stellte, klopfte es an der Tür. Gleich darauf betrat eine vertraute Gestalt den Raum.

»Moin, wie geht es dir?«, fragte Enno.

Sie freute sich, ihren Kollegen zu sehen. Das Lächeln auf seinem runden Gesicht war sowohl hoffnungsvoll als auch besorgt. So kam es ihr jedenfalls vor. Sie versuchte, ihn zu beruhigen: »Ich bin wie neu. – Wie lautet der aktuelle Ermittlungsstand? Und – könntest du dich umdrehen? Ich will mich anziehen.«

Mona war nicht prüde, aber sie wollte gewiss nicht vor Ennos Augen in einem kurzen Nachthemd (das zudem auch noch am Rücken offen war) das Zimmer durchqueren. Er ignorierte ausnahmsweise ihren Wunsch und nahm auf dem Besucherstuhl neben ihrem Bett Platz.

»Du bleibst bitte brav liegen, zumindest bis zur Visite. Dr. Siemers hat gesagt, dass du es nicht übertreiben sollst. Zum Glück ist bei dir keine Gehirnerschütterung festgestellt worden. Bewusstlos warst du aber auf jeden Fall.«

»Glaubst du, das weiß ich nicht?«, erwiderte die Kommissarin. Widerstrebend gab sie nach und ließ sich zurück aufs Kissen fallen, wobei sie die Bettdecke bis zu ihrem Kinn hochzog. Sie fragte: »Wie lange war ich eigentlich weggetreten?«

»Dreißig Minuten bis eine Stunde, schätzungsweise«, antwortete ihr Kollege. Er fuhr fort: »Ich hatte die Rechtsanwältin beschattet, aber sie ging schnurstracks zum *Hotel Zu den Gezeiten*. Also rief ich dich an, um dich zu informieren. Aber bei dir sprang nur die Mailbox an – gut, bei der Verfolgung eines Verdächtigen möchte man sich nicht durch ein klingelndes Handy verraten. Trotzdem hatte ich ein mulmiges Gefühl in der Magengrube. Ich versuchte es noch einige weitere Male vergeblich. Daraufhin ortete ich dein Gerät und machte mich auf den Weg zu dir, wobei ich gleich den Notarzt und die Sanitäter mitbrachte.«

»Ich hätte mir gewiss einen Schnupfen eingefangen, wenn ich länger in den Dünen gelegen hätte«, scherzte Mona, doch Enno lachte nicht.

»Ich bin froh, dass dir nichts Schlimmeres passiert ist«, sagte er ernst.

»Das weiß ich zu schätzen«, versicherte sie und tätschelte seine große Hand. Sie fuhr fort: »Immerhin wissen wir jetzt, dass Mundt etwas zu verbergen hat. Ich wurde bestimmt nicht von einem zufällig vorbeikommenden Frauenhasser außer Gefecht gesetzt, sondern entweder von dem Erpresser oder seinem Komplizen, den er in der Abgeschiedenheit treffen wollte.«

»Das dachte ich mir auch«, erwiderte der Oberkommissar. »Deshalb war ich gestern Abend noch bei Mundt in der Pension. Er konnte kein Alibi für die mutmaßliche Tatzeit vorweisen. Und da ich wusste, dass du ihn beschattet hast, habe ich ihn vorläufig festgenommen. Es besteht Flucht- und Verdunkelungsgefahr. Mundt leugnet, dich niedergeschlagen zu haben.«

»Wie kommt es, dass mich das nicht wundert?«, höhnte Mona. »Den Kerl werde ich höchstpersönlich so bald wie möglich ins Gebet nehmen.«

»Du wirst lachen, aber ich glaube ihm«, erklärte Enno. »Mundt schien wirklich erschrocken zu sein, als ich ihm mitteilte, dass du ins Krankenhaus eingeliefert wurdest. Er ist vorbestraft und will gewiss nicht schon wieder hinter Gitter. Ein Angriff auf eine Polizistin im Dienst ist kein Kavaliersdelikt, und bei seiner Vergangenheit kann er nicht auf eine Bewährungsstrafe hoffen.«

Mona erwiderte: »Mag sein, aber es war dunkel und ich habe mich nicht als Kriminalbeamtin zu erkennen gegeben. Ich vermute, dass er einfach keine Zeugin gebrauchen konnte, als er seinen Komplizen traf – denn eine solche Verabredung muss es gegeben haben. Mundt ist bestimmt nicht nach Einbruch der Dunkelheit in die Dünen gegangen, weil er so ein stimmungsvoller Romantiker ist.«

»Nee, das kann ich mir auch nicht vorstellen«, gab der Ostfriese grinsend zurück. Es klopfte an der Tür, und Dr. Siemers trat ein.

»Sie kommen wie gerufen«, sagte die Kommissarin, »ich möchte jetzt nämlich meine Entlassungspapiere unterschreiben.«

»Nicht so voreilig, Frau Sander«, erwiderte der Arzt. Er war an ihre sprunghafte Art bereits gewöhnt. Nachdem der Mediziner noch einmal ihre Vitalwerte überprüft hatte, sagte er: »Ich würde Ihnen ja noch einige Tage strikte Ruhe verordnen, aber das ist bei Ihnen vermutlich sinnlos.«

»Sie haben es erfasst«, gab Mona augenzwinkernd zurück. Doch dann fügte sie hinzu: »Keine Sorge – falls ich mich nicht gut fühle, trete ich kürzer. Es ist nur so, dass wir unbedingt einen Mordfall aufklären müssen. Und nun verlassen die Herren bitte das Zimmer!«

Nachdem sie Enno und Dr. Siemers nach draußen gescheucht hatte, verließ sie das Bett und zog ihre Kleider an, die tatsächlich in dem Schrank hingen. Ihr Kopf schmerzte immer noch ein wenig – vor allem, nachdem ihr Kreislauf jetzt wieder in Schwung kam. Es war aber auszuhalten.

Mona trat auf den Flur. Ihr Kollege warf ihr einen prüfenden Blick zu und sagte: »Auf der Wache koche ich dir erst einmal einen starken Tee. Übrigens habe ich mir erlaubt, deinem Freund Bescheid zu geben. Jan wollte dich natürlich sofort besuchen, aber das habe ich abgebogen.«

»Weil du wusstest, dass ich sowieso nicht in meinem Krankenbett bleiben würde? Ja, du kennst mich eben wie kein Zweiter«, sagte die Kommissarin seufzend. Ihr schlechtes Gewissen plagte Mona, weil sie Jan Lummer nicht sofort nach dem Aufwachen angerufen hatte. Sie nahm sich vor, dies so bald wie möglich nachzuholen. Enno hatte den Dienstwagen dabei, und die beiden legten die kurze Strecke von der Gartenstraße bis zur Strandstraße im Auto zurück. An diesem Morgen gab es gelegentliche Schauer von Nieselregen, die jeweils kaum länger als ein paar Minuten anhielten – ein typischer Borkumer Frühherbsttag.

»Wie geht es Rufus?«, wollte sie von ihrem Kollegen wissen.

»Birte hat heute eine Runde am Strand mit ihm gedreht. Bestimmt springt er vor Freude in die Luft, falls du nach Feierabend noch Zeit für ihn findest.«

»Für ihn und für Jan«, erwiderte Mona mit einem schiefen Lächeln, »sonst stehe ich am Ende noch ohne Freund und Hund da.«

Darauf erwiderte Enno nichts. Er sagte nur: »Oltbeck möchte dich sehen, sobald wir die Dienststelle erreicht haben.«

»Wenn das so ist, dann kann ich einen starken Tee wirklich gut vertragen«, gab sie zurück. Doch im Grunde wusste Mona genau, dass ihr Chef angesichts ihrer Verletzung eher besorgt als gereizt sein würde.

Und so war es auch. Als sie wenig später sein Büro betrat, schaute er sie so bange an, als ob sie im nächsten Moment zusammenbrechen würde: »Moin, Frau Sander. Wie geht es Ihnen? Sind Sie wirklich schon wieder einsatzfähig? Möchten Sie sich nicht lieber noch etwas schonen?«

»Ich bin wieder fit, Herr Oltbeck«, behauptete sie und ließ sich auf den Besucherstuhl vor seinem Schreibtisch nieder. Dann berichtete sie von den Ereignissen des Vorabends bis zu dem Moment, als sie einen Schlag auf den Schädel bekam.

»Und Sie konnten Ihren Angreifer nicht erkennen?«, hakte der Hauptkommissar nach.

»Leider nicht. Ich vermute, dass entweder Mundt oder sein Komplize dafür verantwortlich ist«, antwortete Mona. Sie fügte hinzu: »Allerdings verstehe ich nicht, warum dieser Handlanger nach wie vor auf der Insel verweilt. Dadurch geht er ein Risiko ein. Falls dieser zweite Täter Volker Kempe ermordet hat – warum ist er nicht schon verschwunden? Und warum hat Mundt sich mit der Rechtsanwältin getroffen?«

»Das sind wirklich entscheidende Fragen«, murmelte Oltbeck. Auch ihm fielen offenbar keine passenden Antworten darauf ein.

Enno, der ebenfalls Platz genommen hatte, sagte: »Der Komplize hat auf Borkum noch eine Aufgabe zu erfüllen, das ist die einzig logische Erklärung. Inzwischen befindet sich ja auch Ansgar Kempe hier vor Ort. Falls Mundt wirklich an dieser Familie Rache nehmen will, müssen wir mit einem Mordanschlag auf den Bruder des Opfers rechnen.«

»Ja, das leuchtet mir ein«, sagte der Chef. »Ich rufe sofort Ansgar Kempe an, um ihn vorzuwarnen. Und Sie versuchen bitte, Mundt im Verhör den Namen seines Komplizen zu entlocken. Solange sich dieser Mann auf freiem Fuß befindet, ist Gefahr im Verzug!«

Die Kommissare erhoben sich, um unverzüglich mit der Befragung zu beginnen. Während Enno den Verdächtigen in den Verhörraum bringen ließ, fand seine Kollegin Zeit für einen kurzen Anruf bei Jan Lummer.

»Moin, ich wollte dir nur Bescheid geben, dass mein Kopf noch auf den Schultern sitzt«, sagte sie zu ihrem Freund.

»Ich hab mir große Sorgen gemacht«, brummte er. Sie wusste, dass er seine Gefühle nicht allzu offen ausdrückte, schon gar nicht am Telefon. Für seine Verhältnisse waren diese wenigen Worte schon ein hochemotionaler Liebesbeweis.

»Das musst du nicht, Unkraut vergeht nicht«, scherzte sie. »Vielleicht finden wir heute Abend Zeit füreinander.«

»Ja, das wäre schön.«

Sie versprach, sich zu melden, und beendete das Gespräch.

Polizeimeister Hauke Knudsen brachte Mundt in das Zimmer, in dem sich nur ein Tisch sowie vier Stühle befanden. Die Kommissare nahmen nebeneinander Platz. Enno hatte für Mona Tee und ein Mandelhörnchen mitgebracht. Sie merkte erst jetzt, wie leer ihr Magen war, und biss voller Appetit in das Gebäckstück.

»Schauen Sie nicht so neidisch«, sagte sie kauend zu dem Verdächtigen. »Ich wette, dass Sie ein gutes Frühstück bekommen haben.«

Grietje Smit ließ es sich nämlich nicht nehmen, die Arrestanten mit ihren legendären Jagdwurststullen zu verwöhnen.

»Ich weiß gar nicht, warum ich überhaupt hier bin«, behauptete Mundt murrend.

Mona erwiderte: »Unsinn, das ist Ihnen vollkommen bewusst.«

Mit diesen Worten zeigte sie auf ihren Kopfverband.

Kapitel 11

Mundt konnte ihr nicht in die Augen sehen. Er hielt den Blick gesenkt und beteuerte: »Zum tausendsten Mal, das war ich nicht.«

Enno belehrte ihn nun offiziell über seine Rechte und fügte hinzu, dass die Befragung als Audiodatei aufgezeichnet wurde.

»Gut, dann will ich meine Anwältin dabeihaben«, sagte der Verdächtige.

»Wie Sie wünschen. – Und wer ist das?«, fragte der Oberkommissar.

»Dr. Stefanie Stiller.«

Was für eine Überraschung, dachte Mona ironisch. Sie verkniff sich einen Kommentar. Stattdessen verließ sie den Verhörraum, um mit der Juristin Kontakt aufzunehmen. Als Frau Dr. Stiller sich meldete, waren im Hintergrund das Klirren von Geschirr und das Gemurmel von anderen Menschen zu hören. Offensichtlich saß sie im Hotelrestaurant gerade beim Frühstück.

»Frau Sander – was verschafft mir zu so früher Stunde das Vergnügen?«, fragte die Anwältin mit ironischem Unterton.

»Ich wurde in der vergangenen Nacht körperlich attackiert, Ihr Mandant Holger Mundt steht in dringendem Tatverdacht. Sie müssten bitte zur Polizeiwache kommen, Ihre Anwesenheit ist beim Verhör erforderlich.«

»Allzu schlimm kann der Angriff ja nicht gewesen sein, Sie klingen ganz munter. – Wie auch immer, ich werde bald erscheinen. Zum Glück habe ich mein Frühstück schon fast beendet.«

Mit diesen Worten legte Frau Dr. Stiller auf.

»Wenn ich das nächste Mal totgeschlagen werde, komme ich als Gespenst zurück und raube dir den Schlaf, du dumme Kuh!«, wütete Mona. Aber da das Telefonat bereits vorbei war, konnte sie zum Glück niemand hören. Sie war allein im Dienstzimmer, denn Enno befand sich noch mit Mundt im Verhörraum. Mona hatte ihre Teetasse mitgenommen. Sie stellte sich ans Fenster und beobachtete das Kommen und Gehen der Passanten auf der Strandstraße. Dieses friedliche Bild und die starke Assam-Mischung in ihrer Tasse trugen dazu bei, ihre Nerven zu beruhigen. Immerhin hatte die Juristin keine leeren Versprechungen abgegeben, denn schon zehn Minuten später sah die Kommissarin Dr. Stefanie Stiller auf die Dienststelle zueilen. Sie trug an diesem Morgen ein taubengraues Geschäftskostüm, eine weiße Bluse und ein rotes Halstuch. Wenige Minuten später betrat Enno das Dienstzimmer.

»Mundt ist jetzt mit seiner Anwältin im Mandantengespräch«, berichtete er.

»Dachte ich mir – ich habe die aufgetakelte Fregatte aufkreuzen sehen«, gab Mona zurück.

Der Ostfriese erwiderte lächelnd: »Ihr beide werdet keine Freundinnen mehr, oder?«

»Ich hatte auf etwas Mitgefühl gehofft, weil ich eins auf den Deckel gekriegt habe – das war wohl eine Illusion«, erwiderte die Kommissarin.

»Es ist bedauerlich, dass du deinen Angreifer nicht eindeutig identifizieren kannst«, meinte Enno, »diese Tatsache wird die Dame uns bestimmt genüsslich aufs Butterbrot schmieren.«

Mit dieser Annahme sollte der Oberkommissar recht behalten. Als die Ermittler wenig später zurück in den Verhörraum gerufen wurden, kam Frau Dr. Stiller sofort auf diesen Punkt zu sprechen: »Wie begründen Sie die Verhaftung meines Mandanten überhaupt? Gibt es einen Beweis dafür, dass er Frau Sander attackiert hat? Wurde vielleicht sogar die Tatwaffe bei ihm sichergestellt?«

»Ich habe Herrn Mundt beschattet und folgte ihm bei Dunkelheit in das unübersichtliche Dünengelände«, erklärte die Kommissarin.

»Warum haben Sie meinen Mandanten überhaupt verfolgt? Er kann doch ein Alibi vorweisen, was den Mord an Volker Kempe angeht.«

»Das stimmt«, gab Mona zu, »trotzdem könnte er einen Komplizen gehabt haben, den er heimlich treffen wollte.«

Die Rechtsanwältin schnaubte ironisch und meinte: »Das ist eine sehr steile These.«

Die Kommissarin feuerte zurück: »Nun, wir können nur mit den Fakten arbeiten, die wir kennen. Sie haben uns auch nicht mitgeteilt, dass Sie Holger Mundt anwaltlich vertreten.«

»Ja, denn zum Zeitpunkt unseres Gesprächs hatte ich ihn noch gar nicht als Mandanten«, erwiderte die Juristin. »Herr Mundt rief mich später an und äußerte die Befürchtung, dass die Polizei ihn mit dem Mord an Volker Kempe in Verbindung bringen würde. Wir verabredeten uns miteinander, und ich erklärte mich dazu bereit, ihm beizustehen.«

»Woher hatten Sie eigentlich Frau Dr. Stillers Telefonnummer?«, fragte Mona den Verdächtigen, ohne auf die Erklärung der Juristin einzugehen.

»Von Volker Kempe«, behauptete er. »Er sagte, dass ich mein Honorar später von einer Rechtsanwältin bekommen würde.«

»Hat er nicht gesagt, warum er Ihnen das Geld nicht selbst übergeben wollte?«, forschte Enno.

»Nee, und ich habe nicht danach gefragt.«

»Wir kommen vom Thema ab«, behauptete Frau Dr. Stiller. »Es gibt offenbar keine belastbaren Hinweise darauf, dass mein Mandant an Frau Sander eine Körperverletzung begangen hat. Unter diesen Umständen beantrage ich seine sofortige Freilassung.«

»Es wäre sehr hilfreich, wenn Sie uns einfach sagen würden, mit wem Sie in den Dünen verabredet waren«, sagte Enno.

Trotz seines freundlichen und verbindlichen Tons schüttelte die Rechtsanwältin heftig den Kopf. »Dazu sind Sie nicht verpflichtet, Herr Mundt. Woher wollen Sie überhaupt wissen, dass dort ein Treffen stattfinden sollte?«

»Natürlich kann Ihr Mandant gehen«, stellte Mona klar, wobei sie ruhig zu bleiben versuchte, »aber er hat nach wie vor ein Motiv, der Familie Kempe schaden zu wollen. Die misslungene Erpressung war schließlich der Grund für seine mehrjährige Haftstrafe, nicht wahr? Und momentan befindet sich auch der Bruder des Getöteten – nämlich Ansgar Kempe – auf Borkum. Er könnte das nächste Opfer des Mörders sein. Es tut mir leid, es sagen zu müssen – aber solange wir nicht wissen, wen Holger Mundt treffen wollte, bleibt er unser Hauptverdächtiger.«

Die Kommissarin hatte eigentlich angenommen, dass Mundt dank der Anwesenheit seiner Strafverteidigerin beim Verhör besonders selbstsicher und siegesgewiss erscheinen würde. Auch wenn Mona die Anwältin menschlich gesehen nicht mochte – an Dr. Stefanie Stillers beruflichen Fähigkeiten gab es keinen Zweifel. Doch je länger die Unterredung dauerte, desto unruhiger wurde Mundt. Er war bleich geworden, auf seiner Stirn erschienen zahlreiche kleine Schweißtropfen. Man hätte glauben können, dass ihm das Frühstück nicht bekommen war. Oder hatte die Nacht in der Borkumer Arrestzelle ungute Erinnerungen an seine verbüßte Gefängnisstrafe geweckt? Darüber konnte die Kriminalistin nur spekulieren. Obwohl Mundt das Reden besser seiner Anwältin überlassen hätte, brach es nun aus ihm heraus: »Sie glauben, ich hätte mich mit dem zukünftigen Mörder von Ansgar Kempe getroffen? Das ist kompletter Schwachsinn! Er wird wohl kaum seinen eigenen Vater töten wollen!«

Mit dieser Aussage hatten die Kommissare nicht gerechnet, und auch Frau Dr. Stiller wirkte überrascht.

»Schweigen Sie jetzt bitte, Herr Mundt«, warnte sie, doch er kam erst so richtig in Fahrt: »Warum denn? Ich lasse mir hier keinen Mord in die Schuhe schieben! Haben Sie nicht kapiert, dass die Bullen nach jedem Strohhalm greifen, weil sie einen Erfolg brauchen? Und dass ich als Vorbestrafter gerade verfügbar bin, ist natürlich eine Steilvorlage!«

»Hier wird niemand wegen vergangener Fehler verurteilt«, stellte Mona klar, »aber wenn Sie unseren Verdacht entkräften wollen, berichten Sie uns am besten über Ihre Beziehung zu Thomas Kempe – er war es also, den Sie getroffen haben?«

»Ich bin ihm nicht begegnet, er hat sich wahrscheinlich in der Finsternis verlaufen«, behauptete der Verdächtige.

Enno schlug vor: »Erzählen Sie am besten von Anfang an. Warum haben Sie sich mit dem Neffen des Mordopfers verabredet – und was wollte er auf Borkum?«

Die Ermittlerin rechnete damit, dass die Anwältin ihrem Mandanten erneut den Redefluss abschneiden wollte. Aber sie schien der Meinung zu sein, dass er sich mit seinen Erklärungen nicht schaden konnte. Jedenfalls grätschte sie nicht dazwischen, als er mit seinem Bericht begann: »Als Volker Kempe mit mir Kontakt aufnahm, war ich misstrauisch. Ausgerechnet ich sollte ihm dabei helfen, seinen Bruder des Betrugs zu überführen.«

»Das haben Sie uns bisher verschwiegen!«, warf Mona ein. »Bei unserer ersten Begegnung behaupteten Sie noch, dass Sie keine Ahnung hätten, was für eine Aufgabe Sie für ihn erledigen sollten.«

»Mein Mandant war nicht an der Vorbereitung einer Straftat beteiligt!«, versuchte die Anwältin klarzustellen.

»Das wird sich zeigen«, erwiderte die Kommissarin. »Wie ging es dann weiter?«

»Ich befürchtete, dass Volker Kempe mich aufs Kreuz legen wollte. Also rief ich Thomas Kempe an.«

»Warum ihn und nicht seinen Vater?«

»Soll das ein Witz sein, Frau Sander? Ansgar Kempe hat mich doch damals in den Knast gebracht.«

»Aber mussten Sie nicht befürchten, dass Thomas Kempe ebenfalls in den mutmaßlichen Betrug verwickelt ist?«

Auf diesen Einwand der Kriminalistin erwiderte Mundt nichts. Entweder hatte er diese Möglichkeit nicht bedacht oder – was sie für wahrscheinlicher hielt – er wollte doppelt abkassieren, indem er vor der möglichen Betrugsanzeige warnte und anbot, das Beweismaterial beiseitezuschaffen – natürlich gegen eine gewisse Entschädigung. Aber als Volker Kempe in seinem Pensionszimmer vergiftet worden war, war Mundt noch gar nicht auf der Insel gewesen. Falls sich belastende Dokumente in der Blechkiste befunden hatten, mussten diese von einer anderen Person entwendet worden sein. Von wem? Während der Kommissarin diese Überlegungen durch den Kopf gingen, fragte Enno: »Wann erhielten Sie denn den Anruf von Volker Kempe, Herr Mundt?«

»Lassen Sie mich überlegen … das muss am 12. oder 13. September gewesen sein.«

»Und wann haben Sie Kontakt mit Thomas Kempe aufgenommen?«, hakte der Oberkommissar nach.

»Am nächsten Tag, so genau weiß ich das nicht mehr.«

»Also spätestens am 14. September?«

»Ja, Herr Moll.«

Mona dachte nach: Wenn Thomas Kempe gleich an diesem Tag Richtung Borkum aufgebrochen war, wäre das Zeitfenster groß genug gewesen, um seinen Onkel zu vergiften. Doch da sich Volker Kempe offensichtlich vor seiner Familie fürchtete, hätte er seinen Neffen gewiss nicht so nahe an sich herangelassen. Ihr fiel noch ein anderer Aspekt ein: »Haben Sie Volker Kempes Ferienadresse an Thomas Kempe weitergegeben?«

»Nee, Frau Sander. Warum hätte ich das tun sollen?«

Das war eine berechtigte Frage, wie die Ermittlerin fand. Sie bohrte weiter: »Und warum sind Sie selbst erst am 19. September auf die Insel gekommen?«

Mundt druckste herum, bis er schließlich murmelte: »Ich hatte in Hamburg noch etwas zu erledigen.«

Mona hätte darauf wetten können, dass er eine illegale Machenschaft verschwieg. Darauf konnte man später immer noch zurückkommen, falls es sich als notwendig erweisen sollte. Es blieb die

Tatsache, dass er als Täter für den Giftmord nicht infrage kam. Diesen Gedanken schien auch die Rechtsanwältin zu verfolgen. Sie sagte: »Ich finde, dass mein Mandant sich kooperativ genug gezeigt hat. Er bestreitet, Frau Sander verletzt zu haben, und das Gegenteil können Sie nicht beweisen. Daher verlange ich, dass Sie Herrn Mundt umgehend auf freien Fuß setzen.«

Den Kommissaren blieb nichts anderes übrig, als genau dies zu tun. Dennoch hatte das Verhör sie ein großes Stück weitergebracht, wie die Kommissarin fand.

Kapitel 12

Enno begleitete die Anwältin und ihren Mandanten nach draußen. Als er zurückkehrte, sagte Mona: »Den Verhörraum müssen wir erst mal lüften. Die Mischung aus Mundts Angstschweiß und dem Protzparfüm der Dame verursacht mir Kopfschmerzen.«

»Bist du sicher, dass du dich nicht lieber hinlegen willst?«, fragte ihr Kollege besorgt.

»Unsinn, wenn ich mich ins Bett fallen lasse, fühle ich mich erst richtig krank. Ich brauche einfach noch mehr Tee, das ist alles.«

Die Kommissare gingen in ihr Dienstzimmer hinüber, und der Ostfriese bereitete mehr Tee zu. Als sie wenig später einander an ihren Schreibtischen gegenübersaßen, sagte Mona: »Ich wette, dass Mundt nur teilweise bei der Wahrheit geblieben ist. Er wollte sein Wissen über den angeblichen Betrug ausnutzen, um die Kempes richtig zu melken. Natürlich hätte er die tausend Euro von Volker Kempe genommen – aber wahrscheinlich forderte er vom Bruder beziehungsweise Neffen noch viel mehr Geld, um das Beweismaterial verschwinden zu lassen.«

Enno ergänzte: »Belastende Dokumente, die Mundt gar nicht besaß – was die Kempes aber nicht wissen konnten. Aber kann es sich wirklich so abgespielt haben? Als Mundt das erste Mal bei der Familie abkassieren wollte, haben sie doch sofort die Polizei eingeschaltet.«

»Ja, weil die Kempes damals nichts zu verbergen hatten!«, unterstrich die Kommissarin. Sie fuhr fort: »Erinnere dich – Mundt drohte mit Sabotage an den Baggern, er machte einen stümperhaften Erpressungsversuch und scheiterte. Falls Ansgar Kempe und sein Sohnemann aber tatsächlich Betrüger sind, werden sie diesmal garantiert nicht die Behörden alarmieren. Stattdessen könnten sie Volker Kempe für immer zum Schweigen gebracht haben. Darauf deutet übrigens auch die Art des Tötens hin. Wahrscheinlich verbanden sie mit dem Giftmord die Hoffnung, dass fälschlicherweise ein natürlicher Tod diagnostiziert wird. Volker Kempe war alt, und sein Bruder hat alles getan, um ihn uns gegenüber als einen halb verrückten Exzentriker darzustellen.«

Der Oberkommissar sagte: »Es ist auch aufschlussreich, dass Ansgar Kempe mit keiner Silbe erwähnt hat, dass sein Sprössling sich ebenfalls auf Borkum befindet. Er hat garantiert davon gewusst.

Warum sagte er uns nichts davon? Vermutlich suchen Vater und Sohn verzweifelt nach dem Material, mit dem Volker Kempe sie in die Pfanne hauen wollte. Und das ist ein gutes Zeichen. Es bedeutet nämlich, dass diese Dokumente immer noch auf der Insel sind. Wenn die Kempes sie bereits gefunden hätten, wären sie schon wieder nach Hamburg abgedampft.«

Dieser Einschätzung konnte Mona nur zustimmen. Sie schaltete ihren PC ein und sagte: »Ich will mir einen Überblick verschaffen, welche Informationen über Thomas Kempe frei verfügbar sind. Die POLAS-Abfrage ist schon mal negativ, wenn man von ein paar Verkehrsdelikten absieht. Wenn er genauso ein Angeber ist wie sein alter Herr, dann fährt er garantiert einen dicken Schlitten. Und er liebt offenbar das Luxusleben an der Seite seiner schönen Frau.«

Sie hatte einen Artikel in der Online-Ausgabe einer Hamburger Zeitung gefunden. Ein Foto zeigte das Ehepaar in Smoking und Abendkleid. Bei einer Spendengala überreichte Thomas Kempe dem Leiter eines Kinderheims einen Scheck über 10.000 Euro. Mona stieß auch auf Einträge in den sozialen Medien, die den Verdächtigen mit Freunden beim Cocktailtrinken auf Sylt und beim Après-Ski in St. Moritz zeigten.

»Thomas Kempe liebt das gute Leben«, stellte Mona fest. »Er ist das genaue Gegenteil seines Onkels.«

»Das macht ihn aber noch nicht zum Mörder«, gab der Ostfriese zu bedenken, »und auch nicht zu deinem Angreifer. Wir haben bisher nur Mundts Behauptung, dass er sich mit Thomas Kempe treffen wollte. Wenn er es leugnet, stehen wir dumm da. Jeder Anwalt würde auf die Vorgeschichte zwischen der Familie und Mundt hinweisen.«

»Von Juristen habe ich momentan die Nase voll«, gestand Mona seufzend. »Apropos: Was hältst du eigentlich davon, dass Mundt Frau Dr. Stiller angeheuert hat?«

Enno antwortete: »Er hat aus seiner Sicht alles richtig gemacht. Eine gute Anwältin ist von enormem Nutzen – unabhängig davon, ob ein Verdächtiger schuldig ist oder nicht. Wir sind uns ja darüber einig, dass Mundt Volker Kempe nicht vergiftet haben kann. Also sollten wir uns besser auf Thomas Kempe konzentrieren.«

Die Kommissare verließen die Polizeistation und gingen zunächst zur Touristinformation hinüber. Dort erfuhren sie, dass die Eheleute Thomas und Bettina Kempe ein Ferienhaus in der Straße Am Westkaap gemietet hatten. Und zwar schon seit dem 15. September, was die Ermittler besonders aufschlussreich fanden. Zu diesem Zeitpunkt hatte ja Volker Kempe noch gelebt.

»Das Objekt kenne ich, es sieht ziemlich edel aus«, meinte der Ostfriese.

»Dann werden wir heute mal Gelegenheit bekommen, es von innen zu betrachten«, gab seine Kollegin zurück.

Der Weg bis zu ihrem Ziel betrug zu Fuß nur sechs Minuten. Sie gingen am Neuen Leuchtturm vorbei. Mona musste daran denken, wie sie hier am Vorabend Mundt verfolgt hatte. Es wurmte sie immer noch, dass sie sich so einfach hatte überrumpeln lassen. Das Risiko einer Beschattung war ihr durchaus bewusst gewesen, aber ihr Widersacher hatte sich völlig lautlos an sie herangepirscht.

»Würde Thomas Kempe wirklich so dumm sein, sich mit einem verurteilten Erpresser einzulassen?«, dachte sie laut nach. »Er kann sich doch denken, dass Mundt ihn aufs Kreuz legen wollte.«

»Das ist richtig«, stimmte der Oberkommissar zu, »doch vielleicht hatte Thomas Kempe gar nicht vor zu zahlen. Stattdessen wollte er Mundt für immer zum Schweigen bringen. Und du hast ihm durch dein Auftauchen die Tour vermasselt.«

Diese Variante ergab nach Monas Meinung durchaus Sinn. Mundt hatte fliehen können und war zu seiner Pension zurückgekehrt. Vermutlich war er sogar erleichtert gewesen, als er wenig später festgenommen wurde. Im Polizeigewahrsam konnte Thomas Kempe ihm wenigstens nichts mehr anhaben.

Die Straße Am Westkaap erstreckte sich in einem Bogen von der Viktoriastraße bis zur Strandpromenade. Sie wurde von einigen Hotels und Ferienhäusern gesäumt. Die Kempes hatten sich ein großzügig geschnittenes Haus ausgewählt, das über eine breite Terrasse mit Strandkorb und gemauerter Grillstation verfügte. Die bodentiefen Fenster boten einen herrlichen Blick auf den Strand und die Nordsee. Enno klingelte an der Tür. Wenig später wurde ihm von einer blonden Dame in den Vierzigern geöffnet. Mona hatte sie bereits auf den Fotos im Internet gesehen. Bettina Kempe stand vor ihr. Sie trug einen bequem aussehenden Hausanzug aus Frottee. Die Dame hielt einen dampfenden Kaffeebecher in der Hand und lächelte den Ermittlern zu.

»Ja, bitte? Was kann ich für Sie tun?«, fragte sie.

Die Kommissare zeigten ihre Dienstausweise und nannten ihre Namen.

»Sie sind Bettina Kempe?«, vergewisserte Mona sich.

»Ja, die bin ich. Sie kommen gewiss wegen Volker Kempes Tod. Treten Sie doch bitte näher.«

Sie führte die beiden in die chromblitzende Küche, die mit den modernsten Geräten ausgestattet war. Dort hatte die Frau offenbar gerade gefrühstückt, zumindest erblickte Mona eine Müslischale, die mit Milch, Haferflocken und einem zerschnittenen Apfel gefüllt war. Einen zweiten Kaffeebecher oder Teller suchte sie vergeblich. Es war inzwischen schon später Vormittag.

»Ihr Ehemann ist noch nicht aufgestanden?«

Bettina Kempe lachte, als ob Mona einen Witz gemacht hätte. »Thomas ist kein Langschläfer, Frau Sander. Er frühstückt nur nicht gern, im Gegensatz zu mir. Mein Mann ist bereits unterwegs, wahrscheinlich joggt er am Strand entlang oder macht eine Wanderung. Er liebt den Sport.«

Oder er sucht nach den Betrugsbeweisen, dachte die Kommissarin. Sie sagte: »Wie kommt es, dass Sie bereits seit dem 15. September auf der Insel sind? Ist es ein Zufall, dass sich auch Volker Kempe hier befand, bevor er vergiftet wurde?«

Bettina Kempe gab nichts von ihrer heiteren Gelassenheit auf, als sie erwiderte: »Sie denken doch nicht etwa, dass *wir* etwas mit seinem Tod zu tun hatten, Frau Sander? Ich verstehe Sie natürlich, in Ihrem Beruf müssen Sie vermutlich von allen Menschen immer das Schlechteste annehmen. Es ist nur so, dass wir uns ernsthaft Sorgen um diesen verwirrten alten Mann gemacht haben. Thomas erhielt einen Anruf mit dem Hinweis, dass sein Onkel sich auf Borkum befände. In der Vergangenheit ist er bereits öfter tagelang spurlos verschwunden. Je älter er wurde, desto störrischer und uneinsichtiger verhielt er sich.«

»Also haben Sie Volker Kempe hier gesucht?«, hakte Enno nach. »Zu diesem Zweck hätten Sie auch die Polizei einschalten können.«

Auf Bettina Kempes Lippen erschien ein traurig wirkendes Lächeln: »Das ist leichter gesagt als getan, Herr Moll. Volker Kempe war ja nicht entmündigt und litt auch nicht an einer chronischen Krankheit. Ein erwachsener Mensch kann sich dort aufhalten, wo es ihm beliebt, solange er nicht gegen Gesetze verstößt oder sich in Lebensgefahr befindet. Und bei früheren Gelegenheiten ist er ja stets in den Schoß der Familie zurückgekehrt. Wie hätten wir ahnen können, dass er hier so ein einsames Ende finden würde?«

»Wie haben Sie von seinem Tod erfahren?«, wollte Mona wissen.

»Durch Thomas' Vater. Er flog dann ja auch gleich hierher, nachdem Sie ihn informiert hatten.«

Und er ließ unerwähnt, dass sein Sohn und seine Schwiegertochter schon auf der Insel waren, dachte die Kommissarin. Sie versuchte, sich nicht anmerken zu lassen, wie verdächtig sie dies fand. Sie und Enno hatten abgesprochen, dass sie den Betrugsverdacht unerwähnt lassen wollten, bis sie Beweismaterial in Händen hatten. Ansgar Kempe war nämlich durchaus zuzutrauen, sie wegen Verleumdung anzuzeigen. Außerdem tat die Polizei immer gut daran, sich von Verdächtigen nicht in die Karten schauen zu lassen.

»Also haben Sie und Ihr Ehemann Volker Kempe auf eigene Faust gesucht? Waren Sie erfolgreich?«, fragte Mona, wobei sie eine möglichst unschuldige Miene aufsetzte.

Bettina Kempe nahm einen Schluck Kaffee und schüttelte den Kopf: »Nein, leider nicht. Wir hatten uns die Aktion wohl zu einfach vorgestellt. Thomas' Onkel hatte kein Handy, also konnten wir ihn nicht anrufen. Und es gibt auf Borkum mehr Urlaubsunterkünfte, als wir gedacht hatten. Natürlich kennen wir Volker Kempes Hang zu extremer Sparsamkeit, also haben wir nur die günstigsten Pensionen aufgesucht und dort nach ihm gefragt – leider erfolglos. Als wir durch den Vater meines Mannes vom Tod des alten Mannes erfuhren, waren wir richtig bestürzt.«

Mundt hatte behauptet, dass er Volker Kempes Ferienadresse nicht an dessen Familie weitergegeben hatte. Aber wenn das nun eine Lüge war? Die Geschichte von der Suchaktion in den preiswerten Unterkünften glaubte Mona keine Sekunde. Wenn dies gestimmt hätte, wäre das Ehepaar auch bei Elske Fokken vorstellig geworden. Und die resolute Pensionswirtin hätte sich garantiert an zwei Personen erinnert, die nach ihrem Gast gefragt hatten.

Mona sagte: »Es zeugt von großer Einsatzbereitschaft, dass Sie sofort hierher gekommen sind, um nach Volker Kempe zu suchen. Bei Ihrem Mann kann ich dies noch nachvollziehen, denn es handelt sich ja um seinen Onkel. Aber was ist mit Ihnen, Frau Kempe? Konnten Sie sich einfach so von Ihrem Job freinehmen? Oder sind Sie gar nicht berufstätig?«

»Ich arbeite momentan ausschließlich ehrenamtlich, vor allem in der Obdachlosenhilfe«, berichtete Bettina Kempe. »Dort kann ich mir meine Zeit frei einteilen, und wenn ich ein paar Tage lang nicht erscheinen kann, ist das nicht so schlimm. Jedenfalls nicht jetzt, im September. Wenn es später im Jahr richtig kalt wird, benötigen diese armen Menschen natürlich jede Unterstützung, die sie bekommen können.«

Die Kommissarin nickte. Ein solches Engagement war wichtig und lobenswert. Allerdings wurde sie das Gefühl nicht los, dass bei dieser Frau das Ehrenamt nur vorgeschoben war. Aber vielleicht tat Mona Bettina Kempe auch unrecht.

»Wie war Ihr Verhältnis zum Onkel Ihres Gatten?«, wollte Enno wissen. »Wir haben gehört, dass mit ihm nicht unbedingt gut auszukommen war.«

»Ja, so denken viele Menschen, Herr Moll. Ich selbst habe allerdings nie Probleme mit ihm gehabt. Man sagt mir nach, dass ich gut auf Personen zugehen kann, die auf den ersten Blick gewöhnungsbedürftig sind. Volker Kempe war eben sehr … unkonventionell, jedenfalls im Vergleich zu seinem Bruder und seinem Neffen. Er lebte in seiner eigenen Welt, aber das hat mich nicht gestört. Und ich glaube, er mochte mich, auch wenn er es nicht so offen gezeigt hat. Ich bin eben angeheiratet, dadurch habe ich nicht so eine lange gemeinsame Geschichte mit ihm wie sein Zwillingsbruder. Oder wie mein Mann, den er schon als Baby gekannt hat.«

»Wie würden Sie das Verhältnis der Brüder zueinander beschreiben?«, fragte Mona direkt.

»Volker und Ansgar sind … waren höchst unterschiedlich, das werden Sie schon selbst bemerkt haben. Letztlich hat die Familie immer zusammengehalten, auch wenn Volker manchmal aus der Reihe tanzte.«

Von der Angst vor der Verwandtschaft und von dem Betrugsverdacht erwähnte Bettina Kempe nichts, worüber Mona sich nicht wunderte. Wenn diese Frau ihren Ehemann dabei unterstützt hatte, seinen Onkel für immer zum Schweigen zu bringen, dann konnte sie von ihr nichts anderes erwarten.

»Kennen Sie den Grund für Volker Kempes Reise nach Borkum?«

»Nein, Frau Sander.«

»Er wollte seine ehemalige Geliebte zu seiner Alleinerbin machen, wodurch die übrigen Familienmitglieder sich mit ihrem Pflichtteil hätten begnügen müssen.«

Bettina Kempe tat erstaunt, was ihr nach Monas Meinung nur schlecht gelang. Die Kempes mussten durch Mundts Anruf über dieses Vorhaben informiert gewesen sein. Woher hätten sie andernfalls wissen können, dass Volker Kempe die Insel aufsuchen wollte?

»Das war bestimmt nur so eine spontane Idee von ihm«, meinte Bettina Kempe. »Er hatte öfter Einfälle, die er dann später wieder verworfen hat. Wir wussten davon nichts, uns ging es nur um seine Gesundheit.«

»Volker Kempe ist vergiftet worden. Wer könnte Ihrer Meinung nach ein Interesse an seinem Tod gehabt haben?«

Enno stellte diese Frage mit ruhiger Stimme. Diesmal schien Bettina Kempe wirklich geschockt zu sein – wegen des Verbrechens selbst oder weil die Polizei herausgefunden hatte, dass keine natürliche Todesursache vorlag? Mona wusste noch nicht, wie sie diese Frau einschätzen sollte.

»Nein, ich ... das ist ja furchtbar! Volker hatte nicht viele Kontakte, wer könnte denn ... vielleicht diese Frau, die er als Erbin einsetzen wollte? Wenn sie eine Geliebte von ihm war, dann könnte er vor langer Zeit ihre Gefühle verletzt haben, oder? Manche Menschen kommen über eine solche Kränkung niemals hinweg.«

Theoretisch war dies natürlich denkbar, aber es sprach nichts für eine Kontaktaufnahme zwischen Volker Kempe und Hinrike Geerts. Die alte Frau hatte auf Mona bei ihrem Zusammentreffen einen ehrlichen und gradlinigen Eindruck gemacht. Bei ihr vermisste die Kriminalistin ein überzeugendes Motiv – ganz abgesehen davon, dass für eine Vergiftung mit Rizin spezielle Kenntnisse nötig waren. Die Kommissarin tat jedenfalls so, als ob sie Bettina Kempes Vorschlag berücksichtigen würde: »Wir gehen allen Hinweisen nach, darauf können Sie sich verlassen. – Rufen Sie jetzt bitte Ihren Ehemann an? Wir müssen so bald wie möglich auch mit ihm sprechen.«

»Selbstverständlich, Frau Sander.«

Bettina Kempe griff zum Smartphone. Das Gespräch dauerte nur kurz.

»Thomas wird in ungefähr zehn Minuten hier sein«, sagte sie zu den Ermittlern.

Kapitel 13

Als Thomas Kempe eine Viertelstunde später das Ferienhaus betrat, wirkte er auf Mona wie eine jüngere und lässigere Version seines Vaters. Die Familienähnlichkeit zu Ansgar und Volker Kempe war unverkennbar, doch im Gegensatz zu den beiden älteren Männern trug Thomas hochwertige Freizeitkleidung. Zu seiner hellbraunen Cargohose passten der weinrote Baumwollpullover und die dunkelbraune Wetterjacke. Eine gute Kombination für eine Wanderung über die herbstliche Insel, wie die Kommissarin fand. Nachdem die Kommissare sich mit Thomas Kempe bekannt gemacht hatten, warf er Mona einen prüfenden Blick zu und fragte: »Was ist denn mit Ihrem Kopf passiert?«

Sie zuckte mit den Schultern. »Ich habe einen Dickschädel, mit dem ecke ich manchmal an«, gab sie zurück. Warum erkundigte Thomas Kempe sich danach? Seine Frau hatte es nicht getan. Dafür konnte es die verschiedensten Gründe geben. Doch Mona führte sich vor Augen, dass sie ihre Verletzung vermutlich diesem Mann zu verdanken hatte. Vor diesem Hintergrund war seine Bemerkung besonders hinterhältig, wie sie fand. Die Kriminalistin musste sich zusammenreißen, um ihm gegenüber äußerlich ruhig zu bleiben. Die Unterredung fand weiterhin in der Küche des Ferienhauses statt. Bettina Kempe hatte mehr Kaffee gekocht, den sie nun den Kommissaren und ihrem Ehemann servierte.

Enno nippte nur an seiner Tasse, als gebürtiger Ostfriese war er einfach an seine starke Assam-Mischung gewöhnt. Er sagte: »Wir haben schon gehört, dass Sie Ihren Onkel auf eigene Faust gesucht haben.«

»Ja, Herr Moll. Vielleicht war das ein Fehler. Aber verstehen Sie bitte unseren Gewissenskonflikt: Volker Kempe war ein Sonderling, aber deshalb konnte man ihn nicht seiner Freiheit berauben. Er war ja nicht im üblichen Sinn krank oder hilflos. Es gibt ja Menschen, die sich an ihren Namen nicht mehr erinnern können oder Ähnliches. Und wir hatten keinen Hinweis, dass er einem Verbrechen zum Opfer gefallen sein könnte.«

»Und doch ist genau das hier auf der Insel leider geschehen«, erwiderte Mona und berichtete von dem Obduktionsergebnis.

Wie zuvor seine Frau spielte Thomas Kempe den Überraschten. »Dann hat sich also unsere Befürchtung bestätigt«, murmelte er.

»Von meinem Vater habe ich erfahren, dass sich Holger Mundt auf Borkum befindet. Zunächst war allerdings noch unklar, ob mein Onkel wirklich eines unnatürlichen Todes gestorben ist. Papa konnte nicht verstehen, dass Sie Mundt noch nicht verhaftet haben. Aber jetzt dürfte doch wohl klar sein, wer für dieses Verbrechen verantwortlich ist.«

»Wir haben Holger Mundt mehrfach befragt, und er hat ein überzeugendes Alibi«, erklärte Enno. Er fügte hinzu: »Zu der Zeit, als Ihr Onkel mutmaßlich vergiftet wurde, war Mundt noch in Hamburg. Dafür gibt es Zeugen. Und was den tätlichen Angriff auf meine Kollegin während der vergangenen Nacht angeht, so leugnet Mundt auch in diesem Fall. Er gibt an, mit Ihnen verabredet gewesen zu sein. Können Sie diese Behauptung bestätigen?«

»Mit … mir?!«, stammelte Thomas Kempe. Er fiel scheinbar aus allen Wolken: »Das ist eine ungeheuerliche Unterstellung, Herr Moll! Sie erkennen hoffentlich, was für ein dreister Lügner Mundt ist.«

»Mein Mann war die ganze Nacht bei mir, er kann diesen Menschen gar nicht getroffen haben«, sagte Bettina Kempe ungefragt.

Der Oberkommissar schüttelte den Kopf und erklärte: »Wir überprüfen natürlich jede Aussage auf ihren Wahrheitsgehalt. Mundt hat beispielsweise angegeben, dass Ihr Onkel ihm per telegrafischer Anweisung eine größere Summe zukommen ließ. Das entspricht den Tatsachen.«

Thomas Kempe spielte nach wie vor den Unwissenden: »Dafür habe ich keine Erklärung, abgesehen natürlich von der verqueren Denkart meines Onkels. Er hat nur äußerst ungern Geld ausgegeben. Sie werden schon herausgefunden haben, dass er weit unter seinen finanziellen Möglichkeiten gelebt hat. Umso erschütternder sind die Dinge, die ich jetzt von Ihnen höre. Wissen Sie denn, wofür Mundt den Betrag erhalten hat?«

»Dazu können wir uns nicht äußern«, gab Mona in bestem Beamtendeutsch zurück. Sie vermutete inzwischen, dass Volker Kempe mithilfe des Kriminellen weiteres Belastungsmaterial für den Betrugsvorwurf beschaffen wollte. Das wäre zumindest eine plausible Erklärung, die sie aber Thomas Kempe garantiert nicht unter die Nase reiben würde.

Ihm war anzusehen, dass er von den Kriminalisten gern mehr erfahren hätte. Er sagte: »Das ist bedauerlich, aber Sie müssen sich gewiss an Ihre Vorschriften halten. Sie haben meine Frau gehört, ich bin während der zurückliegenden Nacht nicht auf der Insel unterwegs gewesen. Darf ich fragen, wie es zu Ihrer Verletzung kam? Oder ist das auch geheim?«

Der milde Spott entging der Kommissarin nicht. »Nein, das kann ich verraten«, erwiderte sie. »Holger Mundt gehört nach wie vor zu unseren Verdächtigen, und deshalb habe ich ihn gestern Abend beschattet. Vermutlich wollte er sich in den Dünen mit einer Person treffen. Als ich ihm dorthin folgte, wurde ich von hinten niedergeschlagen.«

»Dann behauptet Mundt vielleicht sogar, dass *ich* Sie attackiert hätte?«, fragte Thomas Kempe entrüstet. »Wie gesagt, ich habe ein Alibi. Und ich hatte niemals Kontakt zu Holger Mundt, ich habe ihn nur einmal während seines Strafprozesses in Hamburg vor Gericht gesehen. Sie sollten in Erfahrung bringen, mit wem er in Wirklichkeit verabredet war – denn dieser Mann könnte der Mörder meines Onkels sein!«

»Wir wissen schon, wie wir unsere Arbeit zu erledigen haben«, gab Mona gereizt zurück.

Bettina Kempe musste auch ihren Senf dazugeben: »Thomas wollte nur hilfreich sein.«

»Das wissen wir zu schätzen«, sagte der Oberkommissar beschwichtigend, »und wir werden diese Spur keineswegs vernachlässigen.«

»Darüber wird sich mein Vater freuen«, meinte Thomas Kempe, »denn er hatte bisher den Eindruck, dass Sie die Ermittlungen nicht energisch genug vorantreiben.«

Wenn du wüsstest, dachte Mona grimmig.

»Also kennen Sie keine weiteren Gründe, die Ihren Onkel zu seiner Reise nach Borkum bewogen haben können?«

Während sie diese Frage stellte, versuchte sie möglichst arglos zu wirken. Ob die Familie Kempe schon wusste, dass die Polizei mit Hochdruck nach den Beweisen für einen Betrug suchte? Darüber konnte man nur spekulieren. Thomas Kempe machte eine hilflos wirkende Geste: »Ich bedaure, aber seine Gedankenwelt ist mir immer ein Rätsel geblieben. Ob Sie es glauben oder nicht, bis vor Kurzem haben wir alle noch nicht mal etwas von dieser ehemaligen Geliebten gewusst. Wir gingen davon aus, dass mein Onkel überhaupt kein Interesse an Frauen hat, er blieb stets gern für sich.«

»Trotzdem – falls Ihnen noch etwas einfällt, rufen Sie mich bitte an. Jede Kleinigkeit kann wichtig sein.«

Während ihr diese Phrase über die Lippen kam, gab die Kommissarin Thomas Kempe eine ihrer Visitenkarten. Die Ermittler verabschiedeten sich und verließen das Ferienhaus. Als sie außer Hörweite waren, fauchte Mona: »Ich wette mit dir, dass dieser Mistkerl mich nachts bewusstlos geschlagen hat! Und dann spielt er auch noch das Unschuldslamm! Ich hätte ihn an die Wand klatschen können!«

»Thomas Kempe fühlt sich überlegen, das wird ihm zum Verhängnis werden«, prophezeite der erfahrene Oberkommissar. »Auf den ersten Blick hat er sich gut abgesichert, denn seine Frau gibt ihm ein Alibi. Zugegeben, Mundt behauptet, mit ihm verabredet gewesen zu sein. Da steht dann die Aussage eines vorbestraften Kriminellen gegen die eines unbescholtenen Bürgers, von Mundts möglichen Rachegelüsten gegenüber der Familie Kempe ganz zu schweigen. Aber Thomas Kempe hat einen entscheidenden Punkt nicht bedacht: Falls Mundt ihn nicht auf der Straße angequatscht hat, müssen die beiden sich irgendwie verabredet haben – vermutlich telefonisch. Und angesichts unseres Anfangsverdachts gegen Mundt dürfte es kein Problem sein, einen Gerichtsbeschluss für die Herausgabe seiner Einzelverbindungsnachweise zu bekommen. Wenn sich dann zeigt, dass er mit Thomas Kempe telefoniert hat, können wir dem smarten Herrn eine Lüge nachweisen. Ich bin gespannt, wie er aus dieser Nummer wieder herauskommen will.«

»Du hast recht, das sollten wir unbedingt tun«, erwiderte die Kommissarin. »Warum hat Thomas Kempe dieses wichtige Detail vergessen?«

»Das passiert, wenn man von der eigenen Unfehlbarkeit überzeugt ist«, meinte Enno schmunzelnd.

Die beiden gingen zu Oltbeck, damit er sich um den Gerichtsbeschluss kümmern sollte. Doch zunächst mussten sie sich vom Chef Vorwürfe gefallen lassen: »Ich verstehe nicht, warum Sie Holger Mundt wieder auf freien Fuß gesetzt haben, Frau Sander und Herr Moll!«

»Das liegt daran, dass wir ihm den Überfall auf mich nicht nachweisen konnten«, erwiderte Mona, »und außerdem hat seine Anwältin Haare auf den Zähnen.«

»Frau Sander will sagen, dass Frau Dr. Stiller ihren Mandanten auf jeden Fall frei bekommen hätte.«

»Der Ausdruck *Haare auf den Zähnen haben* ist mir durchaus geläufig, Herr Moll«, schnarrte der Vorgesetzte, »und wenn Mundt Ihre Kollegin nicht angegriffen hat, dann muss es eben sein Komplize gewesen sein.«

»Sie sprechen von Thomas Kempe?«, vergewisserte Mona sich.

»Wollen Sie mich auf den Arm nehmen?«, fragte der Chef entgeistert.

»Das würde ich mir nie erlauben«, beteuerte die Kommissarin mit Unschuldsmiene.

»Thomas Kempe leugnet, dass er sich nachts mit Mundt verabredet hat. Und seine Frau gibt ihm ein Alibi für die Tatzeit«, ergänzte Enno.

»Wundern Sie sich vielleicht darüber? Der Verdächtige braucht eine Erklärung dafür, dass er nach Einbruch der Dunkelheit durch die Dünen streift. Seinen wahren Komplizen will er nicht ans Messer liefern, also benennt er Thomas Kempe – obwohl das völlig absurd ist!«

Oltbeck schien mit seiner eigenen Analyse sehr zufrieden zu sein, jedenfalls lehnte er sich in seinem Bürostuhl zurück, verschränkte die Arme vor der Brust und schaute seine Untergebenen triumphierend an.

Die Kommissarin widersprach: »So abwegig finde ich ein Treffen dieser beiden Männer gar nicht. Ich vermute, dass Mundt die Kempes wieder einmal erpressen wollte. Zu diesem Zweck musste er sich mit Thomas Kempe an einem Ort ohne lästige Zeugen verabreden.«

»Sie spielen auf diesen Betrug an, für den es nach wie vor nicht den geringsten Beweis gibt«, stellte der Chef säuerlich fest. »Ja, wenn Mundt Belastungsmaterial in Händen hätte, könnte er der Familie die Pistole auf die Brust setzen. Es könnte sich aber auch um eine Fantasie dieses verschrobenen alten Mannes handeln.«

»Wir möchten uns ja weiterhin auf Mundt konzentrieren«, betonte Mona listig, »und dafür ist es notwendig, seine Einzelverbindungsnachweise überprüfen zu dürfen. Er muss ja mit seinem Komplizen – wer immer das sein mag – in Kontakt getreten sein.«

»Ja, den Antrag werde ich bei der Staatsanwaltschaft stellen«, kündigte Oltbeck an und griff zum Telefonhörer. Für ihn war die Unterredung offensichtlich beendet.

»In einem Punkt muss ich dem Chef recht geben«, sagte die Kriminalistin, als sie wenig später zum Mittagessen gingen, »solange es keine Beweise für einen Betrugsfall gibt, bleibt eine zweite Erpressung durch Mundt reine Mutmaßung.«

»Du hoffst immer noch darauf, diesen Blechbehälter zu finden? Nun, Borkum ist nicht so groß wie Rügen oder Usedom – aber es gibt allein in den Dünen oder am Strand unzählige Plätze, wo man so einen Gegenstand innerhalb weniger Minuten vergraben könnte. Dafür benötigt man noch nicht mal Werkzeug, das könnte man mit bloßen Händen machen.«

»Ich weiß«, gab Mona seufzend zurück, »und genau deshalb hoffe ich auf diese geheimnisvolle Botschaft, die Volker Kempe uns auf der Serviette zukommen ließ.«

»Du meinst, die Nachricht ist so eine Art verkappte Schatzkarte?«

»Das hätte ich nicht schöner ausdrücken können, Enno. Nur leider habe ich nach wie vor ein Brett vor dem Kopf, was den Inhalt angeht. Volker Kempe hat seine Ermordung vorausgesagt, nennt aber keinen Namen. Und was die Eulen zu bedeuten haben, ist mir auch ein Rätsel. Eine Anspielung auf die *Udels*, die Hamburger Polizisten, ergibt jedenfalls keinen Sinn.«

»Nein, denn dann hätte er ja den Brief gleich in die Hansestadt schicken können«, gab der Ostfriese zu bedenken.

»Dafür hätte der Geizhals aber in eine Briefmarke investieren müssen«, witzelte die Kommissarin düster. Sie war auf sich sauer, weil es ihr vorkam, als ob sie den Wald vor lauter Bäumen nicht sehen könnte. Vielleicht wurde sie auch nur von ihrem leeren Magen am Denken gehindert, denn außer dem Mandelhörnchen im Verhörraum hatte sie noch nichts zu sich genommen.

»Lass uns heute mal in die *Friesenstube* gehen«, bat sie.

»Schon überredet«, erwiderte ihr Kollege.

Das urige Lokal befand sich nicht weit von der Polizeiwache entfernt. Hier hatte man sich besonders auf Fischspezialitäten konzentriert. Die Kommissare fanden einen Tisch am Fenster. Mona entschied sich für das Matjesfilet »Seebären-Art«, während Enno dem Backfisch mit Bratkartoffeln den Vorzug gab. Dazu bestellten sie ihr übliches alkoholfreies Bier.

»Konntest du eigentlich schon Zeugen finden, die Volker Kempe in den Stunden vor seinem Tod begegnet sind?«, wollte die Kriminalistin wissen.

Er schüttelte den Kopf: »Ich habe mit Elske gesprochen, und sie hat mir eine Liste ihrer Gäste gegeben, die zeitgleich mit dem Mordopfer in ihrer Pension anwesend waren. Ein Ehepaar ist allerdings schon abgereist, bevor ich mit ihnen sprechen konnte. Sie wohnen in Gelsenkirchen. Ich habe den dortigen Kollegen ein Foto von Volker Kempe geschickt, um es den beiden vorzulegen. Falls etwas dabei herauskommt, werde ich informiert. Die übrigen Pensionsgäste können sich nur erinnern, Volker Kempe beim Frühstück gesehen zu haben. Und da ist er für sich geblieben.«

»Das Gift muss ihm nicht zwangsläufig im *Oude Hus* verabreicht worden sein«, dachte Mona laut nach. »Wir müssen auf gut Glück noch mehr Personen ansprechen und ihnen ein Bild des Toten zeigen. – Leider ist es noch nicht einmal notwendig, dass Mörder und Opfer miteinander gesprochen hätten. Ein kurzer Stich im Vorbeigehen mit einem spitzen Gegenstand – und das Rizin kann seine tödliche Wirkung entfalten.«

»Es gibt kein perfektes Verbrechen«, sagte Enno voller Zuversicht.

Wenig später wurde das Essen serviert, und sie ließen es sich schmecken.

Nachdem die beiden gezahlt hatten, verließen sie die *Friesenstube* und begannen mit der mühevollen Suche nach zufälligen Augenzeugen. Im Bereich zwischen Strandstraße und Promenade waren bei dem schönen Wetter zahlreiche Passanten unterwegs. Leider gab es unter ihnen auch einige Wichtigtuer und Windbeutel. Sobald sie verstanden hatten, dass es um die Aufklärung eines Gewaltverbrechens ging, taten sie plötzlich geheimnisvoll und behaupteten, wichtige Beobachtungen gemacht zu haben. Doch die Kommissare verfügten über genügend Berufserfahrung, um solches Gefasel schnell als substanzlos zu entlarven. Drei oder vier Menschen sagten aus, Volker Kempe am Strand oder am Inselbahnhof in Begleitung eines Sonnenbrillenträgers oder einer Wasserstoffblondine im Minirock gesehen zu haben – allerdings zu Zeiten, als das Opfer bereits nicht mehr lebte.

»Eine wissentliche Falschaussage ist kein Kavaliersdelikt.«

Mit diesem Satz bügelte Mona solche »Zeugen« schnell ab, wobei sie den Menschen tief in die Augen schaute. Daraufhin ruderten die Aufschneider stets sehr schnell zurück.

Am späten Nachmittag machte sich die Kopfverletzung allmählich wieder bemerkbar. Die Kommissarin spürte ein dumpfes Pochen in den Schläfen. Enno schaute sie von der Seite an. Es wäre sinnlos gewesen, ihm etwas vormachen zu wollen.

»Du siehst nicht gut aus«, sagte er.

»Charmante Komplimente bauen eine Frau immer wieder auf.«

»Du weißt, wie ich es meine, Mona. Geh bitte nach Hause und ruhe dich aus. Ich werde noch eine Stunde lang das Foto herumzeigen und dann ebenfalls Feierabend machen. Vielleicht bekommen wir morgen schon Mundts Einzelverbindungsnachweise, dann blicken wir besser durch.«

Kapitel 14

»Gut, ich werde ausnahmsweise brav sein«, versprach die Kommissarin. Sie verabschiedete sich von ihrem Kollegen, holte ihr Rad von der Dienststelle und fuhr nach Hause. Doch auf dem Weg zur Walfangerstrate wurde ihr bewusst, dass sie den Abend nicht allein auf ihrem Sofa verbringen wollte. Dann würde sie nämlich weiterhin ergebnislos über die Servietten-Nachricht des Toten grübeln. Nein, sie brauchte Gesellschaft und Entspannung. Und sie erinnerte sich daran, was sie ihrem Freund versprochen hatte. Als sie ihre Wohnung erreicht hatte, rief sie ihn an.

»Wie geht es dir?« Jans Stimme klang aufgeregt.

»Ich trage den Kopf immer noch nicht unter dem Arm, also keine Panik«, scherzte sie. »Was macht die Renovierung der *Nordsee Kajüte*?«

»Noch ein paar Tage, dann kann die Neueröffnung über die Bühne gehen«, erklärte der Gastwirt. Doch sie konnte seiner Stimme anhören, dass er lieber über ihren Gesundheitszustand sprechen wollte.

»So, wie ich dich kenne, hast du heute fleißig gearbeitet«, sagte sie. »Holst du mich ab? Dann schnappen wir uns Rufus und gehen an den Strand. Vielleicht können wir später irgendwo ein Bier zischen – keine Sorge, ich muss momentan keine Medikamente nehmen.«

Monas Freund war einverstanden. Sie hatte noch Zeit zum Duschen und Umziehen, bevor er bei ihr erschien. Er gab ihr einen Kuss und sagte: »Dem Kerl, der dich geschlagen hat, möchte ich alle Knochen im Leib brechen.«

»Das hast du natürlich nur im übertragenen Sinn gemeint, denn du willst mich gewiss nicht von einer geplanten Straftat unterrichten«, meinte sie augenzwinkernd. Gleichzeitig freute sie sich natürlich darüber, dass Jan ihr Wohl so am Herzen lag.

»Ja, das war nur so ein dummer Spruch«, behauptete er.

Mona ließ ihr Rad stehen, und die beiden schlenderten Hand in Hand zur Julianenstraße, wo die Molls wohnten. Nachdem die Kommissarin geklingelt hatte, ertönte bereits fröhliches Hundegebell. Die riesige Dogge schien stets zu ahnen, wann ihr Frauchen auf der Türmatte stand. Birte Moll öffnete.

»Moin, Mona, Moin, Jan. – Enno hat schon erzählt, dass du verletzt worden bist. Und ihr habt den Mistkerl noch nicht erwischt, oder?«

»Er kann sich noch ein wenig seiner Freiheit erfreuen«, gab die Ermittlerin zurück, während sie sich gleichzeitig der stürmischen Begrüßung durch Rufus zu erwehren versuchte. Beim morgendlichen Spaziergang mit dem Hund hatte Birte sie vertreten, aber es war klar, dass ihr vierbeiniger Freund nun mit ihr und Jan die Insel durchstreifen wollte.

Von der Julianenstraße aus war es nicht weit bis zu den Loogster Dünen. Mona und ihr Freund beschlossen, dieses Gebiet zu durchqueren und den Weg zum Südstrand einzuschlagen. Es waren nur wenige andere Spaziergänger unterwegs. Der Wind hatte aufgefrischt, und manche Böen brachten etwas Sprühregen aus Richtung Meer mit. Jan war schweigsam, aber dies entsprach seinem Wesen. Mona war selbst aufgedreht genug, sie brauchte einen Mann an ihrer Seite, der sie erden und »herunterpegeln« konnte. Während des Dienstes übernahm Enno diese Aufgabe, und in ihrem Privatleben hatte sie in Jan offenbar den idealen Partner gefunden. Sie blieb stehen und gab ihm spontan einen Kuss.

»Wofür war der denn?«

»Keine Ahnung … vielleicht dafür, dass du mich für meine Anstreichkünste bei der Renovierung neulich so gelobt hast.«

»Wenn es weiter nichts ist … du kannst den Flur gern jedes Jahr neu malen.«

»Nicht frech werden, Bürschchen!«, sagte sie lachend und kniff Jan spielerisch in die Wange. Doch dann zuckte die Kommissarin zusammen. Ihr Freund spürte, dass etwas nicht in Ordnung war.

»Was ist los, Mona?«

Sie erwiderte nichts, sondern zeigte auf das Hinweisschild *Naturschutzgebiet*. Jan verstand nicht, worauf sie hinauswollte: »Ja, und? Rufus ist angeleint, und wir werden hier gewiss kein Lagerfeuer machen.«

Die Kommissarin erkannte, dass er ihre aufgeregte Reaktion nicht verstehen konnte. Sie redete nicht mit Jan über ihre aktuellen Kriminalfälle, das wäre unprofessionell gewesen. Außerdem wollte sie nach Feierabend normalerweise ihre Ruhe haben. Aber nicht an diesem Tag.

»Auf dem Schild ist eine Eule abgebildet. Das könnte für meine Arbeit wichtig sein. Wie viele dieser Hinweistafeln gibt es deiner Meinung nach auf Borkum?«

»Darüber habe ich mir noch nie Gedanken gemacht«, gestand Jan. »Vielleicht ein oder zwei Dutzend? Ich meine, an Naturschutzgebieten herrscht ja auf der Insel kein Mangel.«

Das stimmte, denn große Teile des Eilands waren vor allem als Ruhezonen für Vögel wichtig. Auch die Robben genossen einen besonderen Schutz, und in den sogenannten Krüppelwäldern wie der Greunen Stee griff man nicht in die natürlichen Abläufe ein, wodurch dort eine unverfälschte Landschaft als Heimat für zahlreiche Kaninchen und Fasane entstanden war. Doch darum ging es Mona jetzt nicht. Sie überlegte, ob Volker Kempe an einem dieser Schilder seine Blechkassette vergraben haben könnte. An diesem vor ihr stehenden Pfahl sicher nicht, denn der Boden war hier von Kriechpflanzen überwuchert. Sie versuchte sich zu erinnern, welches Naturschutzgebiet-Schild von der Pension *Oude Hus* aus als Nächstes zu erreichen war. Volker Kempe war ein alter Mann gewesen. Er würde sicher nicht die ganze Insel durchstreift haben, um einen guten Platz für seinen Behälter zu finden. Oder?

»Es gibt eine kleine Planänderung«, sagte sie. »Wir gehen zu den Süddünen hinüber, einverstanden? So weit ist es ja nicht.«

»Ich habe nichts dagegen«, meinte Jan.

Sie schlugen den Weg zur Randzelstraße ein und hielten sich von dort aus in südlicher Richtung. Unmittelbar vor den Süddünen gab es einen Fahrradabstellplatz – und ein weiteres Schild mit einer Eule! Der Untergrund war sandig, wie man es am Rand einer Dünenlandschaft erwarten konnte. Mona konnte nicht mehr warten. Sie kniete sich hin und begann mit beiden Händen zu graben. Einige Touristen kamen vorbei und schauten sie irritiert an.

»Der Hund soll lernen, wie man richtig buddelt«, behauptete Jan. Die Kommissarin hörte seine Stimme wie aus weiter Ferne. Ihr eigener Herzschlag war ungeheuer laut, zumindest kam es ihr so vor. Sie stand kurz vor einem entscheidenden Durchbruch bei ihrem Kriminalfall. Oder machte sie sich etwas vor und verschwendete bloß ihre Zeit? Einige Minuten vergingen. Der Sand war feucht und klumpig. Sie wollte schon aufgeben und einen Witz über ihre eigenen Hirngespinste reißen, als sie unter ihren Fingerkuppen plötzlich eine kalte glatte Fläche spürte. Die Kommissarin schöpfte neue Hoffnung. Wenig später hatte sie eine leicht verwittert aussehende Blechkiste freigelegt, die dem Exemplar von der Online-Verkaufsplattform stark ähnelte.

»Wer vergräbt denn hier Kekse?«

Diese überrascht klingende Frage kam natürlich von ihrem Freund. Mona war zu aufgeregt, um sofort antworten zu können. Sie strich mit den Handflächen über den Deckel, um Sandreste zu beseitigen. Wahrscheinlich wäre es besser gewesen, den Behälter erst am nächsten Morgen auf der Wache zu öffnen. So lange konnte sie aber nicht warten, denn dann würde sie vor Neugier platzen. Zumindest war das ihre Befürchtung. Mona stellte die Dose zur Seite und streifte sich Latexhandschuhe über, die sie auch in ihrer Freizeit stets bei sich trug. Dann entfernte sie langsam und vorsichtig den Deckel. Die Kiste konnte nicht leer sein, dafür war sie zu schwer. Und tatsächlich befanden sich darin ganze Bündel von Dokumenten. Sie schaute sich einige davon näher an. Es waren Geschäftspapiere des Kempe-Unternehmens: Rechnungen, Quittungen, Angebote für Betriebe, die Bagger mieten wollten.

»Was ist das?«, wollte Jan wissen.

»Arbeitskram«, erwiderte Mona schnell und schloss den Deckel wieder. Wenn sie ihrem Freund und sich selbst den Abend nicht verderben wollte, dann musste sie ihre Nachforschungen auf den nächsten Morgen verschieben. Sie lächelte ihm zu und sagte: »Du weißt, dass ich mit dir über diese Dinge nicht sprechen darf. Nur so viel: Wir haben uns jetzt ein Bier da vorn bei *Mathilde's Melkbudje* verdient. Und auf dem Weg nach Hause gehen wir bei der Polizeistation vorbei und bringen die Blechkiste dorthin.«

»Die Idee gefällt mir«, gab er lächelnd zurück. Sein Interesse erlosch genauso schnell, wie es aufgeflammt war. Sie kannte ihren Freund und wusste, dass er ihren Beruf aus ihrer Beziehung so gut wie möglich ausblendete. Für Jan war dies auch ein Selbstschutz, weil er sich nicht ständig Sorgen um sie machen wollte. Mona konnte mit dieser Haltung sehr gut leben. Sie verabscheute es, wenn Laien glaubten, ihr ungefragt Ratschläge zu ihrer Arbeit geben zu müssen. Von ihrem Freund waren solche dummen Sprüche garantiert nicht zu befürchten. Das war einer der vielen Gründe dafür, dass sie ihn liebte.

Kapitel 15

Am nächsten Morgen war Mona extra ein paar Minuten zu früh beim Dienst erschienen, weil sie unter keinen Umständen Ennos Gesichtsausdruck beim Anblick der Keksdose verpassen wollte. Die Blechkiste stand nach wie vor auf ihrem Schreibtisch, wo sie diese am Vorabend deponiert hatte. Die Kopfverletzung machte ihr inzwischen kaum noch Probleme. Nach der harmonischen Zeit mit Jan und Rufus war es ihr gelungen, trotz des spektakulären Fundes halbwegs schnell einzuschlafen. Mona kochte erst einmal Tee, denn der Ostfriese würde gewiss eine Tasse vertragen können, wenn er das Büro betrat. Während der Nacht hatte es geregnet, doch jetzt wurden die Wolken durch einen frischen Wind vertrieben. Es versprach, ein kühler, aber sonniger Septembertag auf der Insel zu werden.

Der Oberkommissar machte tatsächlich große Augen, als er pünktlich um acht Uhr hereinkam.

»Oh! Du warst nach Feierabend noch fleißig?«, sagte er.

Mona platzte beinahe vor Stolz, aber sie gab lässig zurück: »Ja, die Eule ist mir nun kein Rätsel mehr.«

Dann berichtete sie, wie ihr der Anblick des Naturschutzgebiet-Schildes den entscheidenden Einfall beschert hatte.

»Das war sehr gute Arbeit«, meinte Enno anerkennend, »und so, wie ich dich kenne, hast du schon den Inhalt überprüft.«

»Ja, allerdings. Es handelt sich um Geschäftsunterlagen, die sowohl für dich als auch für mich wie böhmische Dörfer sein dürften. Wir haben uns ja nicht über Nacht in Experten für Wirtschaftskriminalität verwandelt.«

Der Ostfriese lachte und sagte: »Nee, man muss ja nicht alles können. Wir sind aber dazu in der Lage, diese Kiste in die Dienstpost zu geben und an die polizeiliche Fachabteilung weiterzuleiten. Wenn diese Unterlagen Betrugsdelikte beweisen können, werden die Kollegen es garantiert herausfinden.«

»Ich möchte am liebsten sofort zu Oltbeck gehen und ihm verklickern, dass an dem Betrugsvorwurf doch etwas dran sein könnte«, erwiderte Mona, »aber wir sollten uns noch einmal gemeinsam Volker Kempes Serviettennotiz anschauen. Ich bin sicher, dass er uns mehr mitteilen wollte als nur den Ort, an dem er die Kiste versteckt hatte. Vielleicht können wir noch weitere Rätsel lösen.«

»Ja, dann fliegt der Chef garantiert vom Stuhl«, vermutete der Oberkommissar schmunzelnd. Die Ermittler hatten beide die seltsame Nachricht abfotografiert. Enno trank mehrere Tassen Tee schnell hintereinander, während er sich die Sätze genauer anschaute: »Es kommt mir so vor, als ob an Volker Kempe ein Dichter verlorengegangen wäre. Er drückt sich ja sehr schwammig aus, so wie Nostradamus.«

»War das nicht ein Vampir?«, scherzte Mona.

»Du meinst Nosferatu«, gab der Ostfriese zurück, wobei er ebenfalls lächelte. »Nee, ich spreche von diesem französischen Hellseher aus dem 16. Jahrhundert, in dessen Voraussagen sich viel hineininterpretieren lässt – je nachdem, was man herauslesen *will*.«

»Also, *wir* wollen den Mörder finden«, unterstrich die Kommissarin, »und ein Tötungsdelikt hat Volker Kempe schon in dem ersten Satz kommen sehen: ›Tod durch Gewalt steht mir bevor.‹ – daran gibt es nichts zu deuten. Gut, er hätte auch einfach schreiben können: ›Ich soll gekillt werden.‹ Aber am Sinn ändert sich dadurch nichts.«

»Volker Kempe wusste offenbar nicht, wer genau ihn umbringen wollte«, vermutete ihr Kollege, »so kann man den nächsten Satz deuten: ›Henker haben viele Gesichter.‹ Das wundert mich nicht – wenn der Betrugsvorwurf zutrifft, dann musste er sich sowohl vor seinem eigenen Bruder als auch vor seinem Neffen fürchten.«

»Und vor Bettina Kempe«, ergänzte Mona, »denn die Dame hat offenbar kein eigenes Einkommen. Wenn ihr Ehemann und ihr Schwiegervater wegen dubioser Geschäftspraktiken vor Gericht landen und das Unternehmen einen Bauchklatscher macht, steht sie vor dem Nichts.«

»Oltbeck würde an deinen Formulierungen Anstoß nehmen, ansonsten hast du vollkommen recht«, bestätigte der Oberkommissar. »Und der nächste Satz ist selbsterklärend: ›Ohne Hilfe bin ich verloren.‹ – Das ist völlig logisch. Volker Kempe hat auf Hilfe gehofft. Aber warum zum Kuckuck ist er nicht in die Wache gekommen und hat stattdessen diese Botschaft in den Briefkasten geworfen?«

Auch die Kommissarin konnte die Handlungsweise des Mordopfers nicht nachvollziehen. Sie sagte: »Als Nächstes schreibt er: ›Morgen kann es zu spät sein.‹ – daraus lese ich eine Dringlichkeit. Wahrscheinlich befürchtete er, dass jemand von der Familie seinen Aufenthaltsort herausbekäme.«

Enno reagierte nicht. Er starrte auf seine Schreibtischunterlage und drehte die leere Teetasse um ihre eigene Achse. Für Mona war es offensichtlich, dass er intensiv nachdachte. Also zügelte sie ihre Ungeduld. Doch nach ein paar Minuten hielt sie es nicht mehr aus: »Könntest du mich bitte an deinen Überlegungen teilhaben lassen?«

Er blickte auf und lächelte sie an: »Ja, entschuldige bitte. – Wir beide haben das Offensichtliche nicht erkannt.«

»Dir ist wohl eine Erleuchtung zuteilgeworden, ich habe immer noch ein Brett vor dem Kopf«, gab sie zurück.

»Du wirst gleich sehen, worauf ich hinauswill. – Füge bitte einfach die ersten Buchstaben des jeweils ersten Wortes der Sätze zusammen.«

»Also T aus Tod, H aus Henker und so weiter?«, vergewisserte sie sich. Er nickte. Sie tat es und hatte gleich darauf einen Namen: THOMAS.

»Volker Kempe traute seinem Neffen offenbar den Mord an ihm zu«, stellte Mona fest. Sie fuhr fort: »Ein Beweis ist das natürlich noch nicht. Aber in Kombination mit dem Beweismaterial aus der Blechkiste werden wir den Chef durch diesen Hinweis hoffentlich dazu bringen können, gegenüber den Kempes die Samthandschuhe auszuziehen.«

»Auf in den Kampf«, kommentierte Enno.

Und so kam es, dass die beiden wenig später ins Chefbüro hinübergingen und Mona wortlos die Blechdose auf Oltbecks Schreibtisch stellte. Er warf ihr einen verblüfft wirkenden Blick zu: »Was soll das, Frau Sander? Haben Sie Kekse gebacken?«

»Keineswegs, Herr Oltbeck«, erwiderte sie und öffnete den Behälter. Dann berichtete sie, was es mit dem Inhalt auf sich hatte. Und auch die Entschlüsselung der geheimen Botschaft in Volker Kempes Nachricht blieb nicht unerwähnt.

Dem Hauptkommissar war anzusehen, dass er mit dieser Entwicklung nicht gerechnet hatte: »Falls all diese Dinge stimmen, dann könnte Mundt sich tatsächlich nachts mit Thomas Kempe getroffen haben, der Sie dann möglicherweise niederschlug, Frau Sander. Und Sie sind sicher, dass mithilfe dieser Unterlagen ein Betrug nachgewiesen werden kann?«

»Das sollen die Spezialisten beurteilen«, schlug Enno vor, »und dieses Delikt wurde ja vermutlich in Hamburg begangen. Für uns ist es nur indirekt interessant, nämlich als Motiv für den Mord an Volker Kempe.«

»Ich rufe im Polizeipräsidium Hamburg an und werde die Kollegen informieren«, kündigte der Chef an, »und die Staatsanwaltschaft hat übrigens die Herausgabe von Mundts Einzelverbindungsnachweisen genehmigt. Mit etwas Glück bekommen Sie die Liste vom Mobilfunkanbieter noch heute.«

»Also können wir jetzt mit Bettina, Ansgar und Thomas Kempe sprechen?«, vergewisserte Mona sich.

»Ja, aber gehen Sie bitte taktvoll vor.«

»Sie kennen mich doch, Herr Oltbeck.«

»Genau deshalb äußerte ich diese Bitte«, erwiderte er und seufzte. Die Kommissare verließen sein Büro.

»Der Chef hat überraschend schnell nachgegeben«, wunderte die Ermittlerin sich, als sie wieder in ihrem Arbeitszimmer waren.

»Oltbeck ist nicht dumm«, stellte Enno klar, »ihm fehlte offenbar nur die Fantasie für diese Betrugsvorwürfe. Aber nun gibt es genügend Belastungsmaterial. Offen bleibt nach wie vor die Frage, wie wir einem Familienmitglied den Giftmord nachweisen sollen. Wenn sie alle mauern und hartnäckig leugnen, haben wir denkbar schlechte Karten. Keiner von ihnen wird so dämlich sein, das restliche Rizin in seinem oder ihrem Kulturbeutel oder an einem anderen Ort aufzubewahren.«

»Das wird sich zeigen«, meinte Mona. »Vernehmen wir zunächst Thomas Kempe?«

»Ja, und seinen Vater laden wir für den Nachmittag vor. Falls sich Verdachtsmomente gegen Bettina Kempe ergeben, kann die Dame noch kurzfristig festgesetzt werden«, sagte der Oberkommissar.

Kapitel 16

Die beiden verließen die Polizeistation und machten sich wieder auf den Weg zu dem Ferienhaus, in dem das Ehepaar Kempe lebte.

»Ich frage mich, wie der Verdächtige nach dem Beweismaterial gesucht hat«, dachte Mona laut nach, »denn die Serviettennotiz kannte er ja nicht.«

»Zum Glück, denn wenn du die Blechdose nicht gefunden hättest, würde ich für unsere Ermittlungen schwarzsehen.«

»Und so eine pessimistische Einschätzung aus deinem Mund«, meinte die Kommissarin augenzwinkernd. Doch sie wusste, dass ihr Kollege im Grunde recht hatte. Selbst jetzt konnte der Täter immer noch eine Festnahme abwenden, sofern er die Nerven behielt und sich nicht beirren ließ. Als die beiden das Ferienhaus in der Straße Am Westkaap erreichten, ertönte aus dem Inneren ein lautstarker Streit.

»Ärger im Paradies?«, raunte Mona Enno zu, während er auf den Klingelknopf drückte. Der Ostfriese zuckte mit den Schultern.

Diesmal war es Thomas Kempe, der ihnen öffnete. Sein Gesicht war gerötet, er machte einen gereizten Eindruck: »Ja, bitte? Womit können wir Ihnen heute weiterhelfen?«

»Wir müssen Sie bitten, mit uns auf die Wache zu kommen«, sagte Enno.

Der Verdächtige verschränkte die Arme vor der Brust. An diesem Morgen war er mit Jeans und einem rot-weiß gestreiften kurzärmeligen Hemd bekleidet. »Dafür sehe ich ehrlich gesagt keinen Anlass. Ich bin ein vielbeschäftigter Mann«, erwiderte er.

»Ich dachte, Sie machen Urlaub auf unserer schönen Insel«, bemerkte Mona, wobei sie eine Unschuldsmiene aufsetzte.

»Was ist denn los, Schatz?«, rief Bettina Kempe. Ihre Stimme kam aus Richtung Küche. Zu sehen war sie momentan nicht.

»Es ist die Polizei«, erwiderte ihr Ehemann.

Die Kommissarin sagte: »Es sind neue Erkenntnisse aufgetaucht, wegen denen Ihr Onkel vermutlich sterben musste.«

»Ach, wirklich?« Thomas Kempe hörte sich ironisch an. Er fragte: »Und worum geht es genau?«

»Um Beweismaterial, das Verurteilungen wegen Betruges nach sich ziehen wird.«

Monas Behauptung war ein Schuss ins Blaue gewesen, denn genau geprüft worden war der Inhalt der Blechdose ja noch nicht. Doch die Reaktion des Verdächtigen war bemerkenswert. Er wurde schlagartig kreidebleich, was wegen der zuvor rötlichen Gesichtshaut besonders deutlich zutage trat. Sein Brustkorb hob und senkte sich, als er einmal tief durchatmete. Danach hatte er sich wieder einigermaßen in der Gewalt.

»Es kann sich nur um ein Missverständnis handeln, das ich gewiss leicht aufklären kann«, murmelte er.

Nun erschien seine Ehefrau auf der Bildfläche. Sie trug einen Bademantel, hatte offenbar vor Kurzem geduscht. Bettina Kempe duftete nach Duschgel, ihr Haar war mit einem Handtuch umwickelt. Als ihr Mann an der Flurgarderobe nach seiner Jacke griff, fragte sie: »Was soll das? Warum nehmen Sie Thomas mit?«

»Ich bin bald wieder da, Schatz«, versicherte er.

Nicht, wenn ich es verhindern kann, dachte Mona grimmig. Sie und Enno nahmen Thomas Kempe in die Mitte. Die Kommissarin war sicher, dass die Ehefrau sofort ihren Schwiegervater alarmieren würde. In der Polizeistation wurde Thomas Kempe sofort in den Verhörraum geführt. Enno sagte: »Wir vernehmen Sie als Beschuldigten. Sie stehen im Verdacht, Ihren Onkel Volker Kempe getötet und eine Körperverletzung an einer Polizeibeamtin begangen zu haben. Sie müssen sich nicht selbst belasten und haben das Recht auf einen Strafverteidiger.«

Thomas Kempe hatte während des kurzen Fußwegs zur Strandstraße offenbar seine Selbstsicherheit zurückgewonnen. Er sagte: »Ich weiß nicht, wie Sie auf mich kommen. Warum hätte ich diesem verwirrten alten Geizhals nach dem Leben trachten sollen?«

»Das kann ich Ihnen verraten«, erwiderte Mona. »Der ›verwirrte alte Geizhals‹, wie Sie Ihren Onkel nennen, wollte nicht nur seine ehemalige Geliebte als Alleinerbin einsetzen, er hatte auch vor, Sie und Ihren Vater wegen Betrugs anzuzeigen. Bei einem Strafprozess wollte er als Nebenkläger auftreten, er hatte bereits eine Rechtsanwältin beauftragt.«

Enno fügte hinzu: »Und das wissen Sie ganz genau, denn aus welchem anderen Grund hätten Sie verzweifelt nach dem Belastungsmaterial suchen sollen?«

»Was für Belastungsmaterial? Ich weiß nicht, wovon Sie sprechen«, behauptete der Verdächtige. Seine Stimme klang so metallisch, als ob er sich in einen Roboter verwandelt hätte.

»Mein Kollege meint jene Unterlagen, die bereits auf dem Weg zur Abteilung Wirtschaftskriminalität im Polizeipräsidium Hamburg sind«, stellte die Kommissarin genüsslich klar.

Darauf erwiderte Thomas Kempe nichts. Er presste die Lippen aufeinander. Es sah nicht so aus, als ob er sich besonders gut fühlen würde.

»Von Ihrer Frau wissen wir, dass Sie angeblich einen telefonischen Hinweis erhielten und daraufhin nach Borkum aufbrachen, um nach Volker Kempe zu suchen«, erläuterte der Oberkommissar.

»So war es auch, Herr Moll! Und nun wird mir aus meiner Mitmenschlichkeit ein Strick gedreht!«

Mir kommen gleich die Tränen, dachte Mona. Sie sagte: »Von wem kam eigentlich dieser Anruf?«

Der Verdächtige schwieg.

»Es ist in Ordnung, wenn Sie sich nicht selbst belasten wollen«, versicherte der Ostfriese.

»Davon kann keine Rede sein«, behauptete Thomas Kempe. »Es könnte aber ein falscher Eindruck entstehen.«

»Sie sind in einer Lage, in der ein falscher Eindruck das geringste Ihrer Probleme sein dürfte«, stellte die Kommissarin trocken fest.

»Also gut – Holger Mundt rief mich an!«

»Erzählen Sie uns mehr über Ihre Verbindung zu diesem Herrn«, forderte die Kommissarin.

Thomas Kempe schüttelte den Kopf. »Da gibt es nichts zu berichten, Frau Sander. Ich habe ihn natürlich vor Gericht gesehen, als ihm damals wegen der versuchten Erpressung der Prozess gemacht wurde. Sie können sich vorstellen, wie perplex ich war, als er sich bei mir meldete. Natürlich fragte ich, was er von mir wollte. Er behauptete, den Aufenthaltsort meines Onkels zu kennen.«

»Haben Sie ihm geglaubt?«, hakte Enno nach.

»Wir wussten ja, dass Onkel Volker fortgegangen war, ohne sich von uns zu verabschieden. Das ist schon mehrfach vorgekommen, wie Sie inzwischen wissen. Mein Verwandter war nicht mehr der Jüngste, wir machten uns Sorgen um ihn. Mundt behauptete, dass Onkel Volker auf Borkum sei und er – also Mundt – sich mit mir treffen wolle. Also reisten Bettina und ich umgehend hierher.«

»Das klingt nicht sehr überzeugend«, stellte Mona klar. »Wenn Ihnen bekannt war, dass Ihr Onkel sich auf der Insel befindet, hätten Sie die Polizei einschalten können. Es wäre uns im Handumdrehen gelungen, seine genaue Ferienadresse zu ermitteln.«

»Ich wollte lieber nicht zugeben, dass ich zu einem Kriminellen wie Mundt Kontakt hatte«, behauptete Thomas Kempe.

»Mundt hat seine Strafe abgesessen«, stellte die Ermittlerin klar. »Sind Sie, Ihre Frau oder Ihr Vater jemals in der Pension *Oude Hus* am Bahnhofspfad gewesen?«

»Nein. – Hat mein Onkel sich dort eingemietet?«

Mona ging auf die Frage des Verdächtigen nicht ein. Sie sagte: »Mundt wird Sie nicht angerufen haben, weil er Sehnsucht nach Ihnen hatte. Gab es eine Forderung, die er an Sie stellte?«

»Er behauptete, dass mein Onkel ihm einen irrwitzig klingenden Auftrag erteilen wollte und ihm sogar schon einen Vorschuss gezahlt hätte.«

»Was für ein Auftrag?«, fasste der Oberkommissar nach.

»Mundt sollte ein paar Seehunde mit roter Farbe besprühen, obwohl die Tiere bekanntlich unter Naturschutz stehen. Im ersten Moment dachte ich, dass der Kerl mich verschaukeln wollte. Doch es könnte stimmen, wie ich leider zugeben muss. Mit der geistigen Gesundheit meines Onkels sah es nicht gut aus. Und Sie können sich vorstellen, dass eine solche Tierquälerei dem guten Ruf meiner Familie geschadet hätte.«

Nach Monas Ansicht hatte Thomas Kempe sich die Geschichte mit den Seehunden aus den Fingern gesogen, um seinen Kontakt mit Mundt zu erklären, ohne das Belastungsmaterial für den Betrug zu erwähnen. Sie tat aber so, als ob sie ihm glaubte: »Lassen Sie mich raten – Mundt wollte von Ihnen Schweigegeld, damit er den Job *nicht* annahm und mit der Story *nicht* an die Presse ging.«

»So ist es, Frau Sander.«

»Also haben Sie sich doch nachts mit Mundt in den Dünen getroffen«, vergewisserte sie sich.

»Nein, denn durch den Tod meines Onkels kam die Sache mit den Seehunden ja gar nicht mehr ins Rollen. Und ich habe Sie ganz gewiss nicht niedergeschlagen!«, beteuerte der Verdächtige. Mona wusste, dass sie ihm höchstens die Hälfte seiner Behauptungen glauben durfte. Doch man konnte es drehen und wenden, wie man wollte – ein Treffen zwischen den beiden Männern ließ sich nicht beweisen, es stand Aussage gegen Aussage.

Mona ging in die Offensive: »Die Geschichte mit den rot gefärbten Seehunden zeugt von Ihrer Fantasie, mehr nicht. Was wird wohl Mundt sagen, wenn ich ihn damit konfrontiere?«

»Er wird es natürlich leugnen, denn er ist vorbestraft und kann sich nicht erlauben, wegen Tierquälerei verurteilt zu werden«, gab der Verdächtige zurück. Er fügte hinzu: »Oder erneut wegen Erpressung, wenn er die Tat nicht ausgeführt und Geld von mir kassiert hätte.«

Das hast du dir ja schön zurechtgelegt, dachte die Kommissarin. Sie sagte: »Nerven Sie mich nicht mit dieser erfundenen Seehund-Story. In Wirklichkeit ging es doch um einen Betrugsvorwurf gegen Sie und Ihren Vater. Ihr Onkel wollte gegen Sie beide Strafanzeige stellen und als Nebenkläger auftreten. Daher vermuten wir, dass er ein Geschädigter war.«

»Davon weiß ich nichts«, erwiderte Thomas Kempe ruhig. Einen Moment lang ließ seine Selbstgewissheit die Ermittlerin zweifeln. Waren sie und ihr Kollege vielleicht wirklich auf der falschen Fährte? Hatte das Mordopfer sich geirrt, als es den Neffen als den potenziellen Mörder benannte? Doch dann führte Mona sich vor Augen, wie erschrocken Thomas Kempe an der Haustür auf den Betrugsvorwurf reagiert hatte. Das wäre wohl kaum der Fall gewesen, wenn er von der Justiz nichts zu befürchten hatte. Inzwischen war lediglich genug Zeit vergangen, dass er sich zusammenreißen konnte. Doch selbst wenn Vater und Sohn in Betrügereien verwickelt waren – das machte sie nicht automatisch zu Volker Kempes Mördern.

Auf den Lippen des Verdächtigen erschien ein schmales Lächeln. Ob er ahnte, was der Kriminalistin soeben durch den Kopf ging?

»Noch gibt Ihnen Ihre Frau ein Alibi für die fragliche Nacht«, stellte Mona fest, »wird sie das auch noch tun, wenn wir sie über die Konsequenzen einer wissentlichen Falschaussage aufgeklärt haben?«

»Klären Sie ruhig auf, Frau Sander«, höhnte Thomas Kempe. »Bettina sagt die Wahrheit.«

In diesem Moment klopfte es an der Tür. Gleich darauf trat Polizeimeisterin Aiske Berend ein und überreichte Enno wortlos einige Blätter Papier. Er bedankte sich mit einem Nicken und wandte sich an Mona: »Das sind Holger Mundts Einzelverbindungsnachweise.«

Die Kommissarin hatte eigentlich gehofft, dass diese Ankündigung Thomas Kempe nervös machen würde. Doch das geschah offenbar nicht. Davon ließ sie sich nicht beirren: »Wir brauchen für den Abgleich Ihre Handynummer, Herr Kempe.«

»Mit dem größten Vergnügen.«

Lässig zog er sein Smartphone aus der Tasche, entsperrte es und reichte es Mona über den Tisch hinweg. Das Ergebnis war ernüchternd: Keine der Teilnehmernummern, mit denen Mundt Kontakt gehabt hatte, zeigte eine Übereinstimmung mit Thomas Kempes Zahlenfolge. Viele Gespräche waren mit einem Teilnehmer geführt worden, der offenbar ein niederländisches Wegwerfhandy benutzte. Mona rief gleich bei dieser Nummer an, um sich Gewissheit zu verschaffen. Doch es kam keine Verbindung zustande, noch nicht einmal eine Mailbox sprang an. Vermutlich war die SIM-Card schon vernichtet worden.

»Kein Erfolg, Frau Sander?«, fragte Thomas Kempe hämisch.

Sie konnte sich eine gepfefferte Antwort gerade noch verkneifen. Wenn sie jetzt die Beherrschung verlor, spielte sie ihrem Widersacher nur in die Karten.

»Sie können durch ein Geständnis Ihre Lage nur verbessern«, machte sie ihm deutlich. »Früher oder später werden wir beweisen, dass Sie Ihren Onkel getötet und mich niedergeschlagen haben. Wenn Sie dann immer noch leugnen, wird sich dies bei der Urteilsverkündung gewiss negativ für Sie auswirken.«

»Wie Sie meinen«, erwiderte der Verdächtige süffisant, »aber da ich weder meinen Onkel umgebracht noch Sie angegriffen habe, vertraue ich auf die Gerechtigkeit. Ich bin in beiden Fällen unschuldig. Und nun möchte ich gern gehen, wenn es Ihnen recht ist.«

Angesichts der dürftigen Beweislage blieb den Kommissaren nichts anderes übrig, als Thomas Kempe freizulassen. Er war im Gegensatz zu Mundt nicht vorbestraft, hatte einen festen Wohnsitz und eine Arbeitsstelle. Es gab keine Indizien, die ihn als Giftmörder hätten entlarven können. Und solange seine Ehefrau ihm für die Zeit des Angriffs auf Mona ein Alibi gab, musste er auch in dieser Hinsicht nichts befürchten.

Enno begleitete Thomas Kempe nach draußen. Als der Oberkommissar zurückkam, sagte er: »Ich habe gerade mit Grietje gesprochen. Sie hat Ansgar Kempe die Vorladung zugestellt. Er wird heute um 15 Uhr mit seinem Rechtsanwalt hier erscheinen. Bis dahin soll der Jurist hier von Hamburg aus eingeflogen sein.«

»Lass mich raten: Es handelt sich um einen Staranwalt?«, fragte Mona mit einem säuerlichen Lächeln.

»Mit dieser Vermutung könntest du richtigliegen«, meinte Enno.

Kapitel 17

Die Kommissare wollten beweisen, dass Thomas Kempe gelogen hatte. Wenn seine Glaubwürdigkeit erst einmal infrage gestellt war, würden ihm die Verbrechen leichter nachzuweisen sein. Das war zumindest ihre Hoffnung.

»Ich sage es nicht gern, aber Mundt ist für uns ein wichtiger Zeuge«, stellte Mona fest. »Ich bin sicher, dass er Dinge verschweigt, die unsere Ermittlungen voranbringen könnten.«

Sie gingen zur *Pension Schrage*, in der Mundt nach wie vor wohnte. Laut dem Betreiber war dieser Gast noch nicht beim Frühstück gewesen.

»Dann pflegt er wohl noch seinen Schönheitsschlaf«, meinte die Ermittlerin, bevor sie gegen seine Zimmertür zu hämmern begann. »Mundt?! Hier ist die Polizei! Machen Sie auf!«

Wenig später ertönte das Quietschen von Bettfedern, und ein Schlüssel wurde im Schloss gedreht. Mundt öffnete die Tür und schaute die Ermittler aus blutunterlaufenen Augen an.

»Was wollen Sie denn noch von mir? Ich hab doch schon alles gesagt, was ich weiß.«

Mona ging nicht auf die Bemerkung ein. Sie meinte: »Haben Sie gestern Abend zu tief ins Glas geschaut? Egal, es haben sich noch ein paar neue Gesichtspunkte ergeben. Lassen Sie uns herein?«

»Was für Gesichtspunkte?«, murmelte der Ex-Häftling. Er trat zur Seite, und die Kommissare kamen in das kleine Pensionszimmer. Die Jalousien waren heruntergezogen, die Luft wirkte verbraucht.

»Hier stinkt es wie im Pumakäfig!«

Mit diesen Worten zog Mona das Rollo hoch und öffnete das Fenster in der Kippstellung. Mundt ließ sich auf die Bettkante nieder.

»Sie hätten ja nicht herkommen müssen«, meckerte er.

»Schon gut, Sie sind uns bald wieder los. – Besitzen Sie eigentlich ein holländisches Einweghandy? Oder hatten Sie mal so ein Gerät?«

»Nee, ich war noch nie in Holland.«

Mit der Eemshaven-Fähre konnte man das Nachbarland innerhalb kurzer Zeit erreichen. Borkum lag so weit von der deutschen Küste entfernt, dass man dort üblicherweise nur im niederländischen Mobilnetz telefonierte. Aber die Kommissarin wollte auf diesem Punkt nicht herumreiten. Sie fragte: »Wie haben Sie eigentlich mit Thomas Kempe Kontakt aufgenommen?«

»Sie meinen, als ich noch in Hamburg war? Da hab ich ihn von einer Telefonzelle aus auf seinem Festnetzanschluss angerufen.«

»Und hier auf Borkum?«

»Da hatte er mich auf der Straße abgepasst und sich mit mir nachts in den Dünen verabredet. Dort wollte er mir Geld geben, damit ich wegen der Betrügereien die Klappe halte.«

»Ist Ihnen klar, dass Sie soeben eine Straftat gestanden haben, Herr Mundt?«, vergewisserte Enno sich.

Der Erpresser zuckte mit den Schultern: »Es kam ja gar nicht zu dem Treffen, wir müssen uns verpasst haben.«

»Und Sie haben mich natürlich auch nicht niedergeschlagen!«, höhnte Mona.

»Nee, Frau Sander, das war ich tatsächlich nicht. Vielleicht hat Thomas Kempe es getan, was weiß ich.«

»Da wäre auch noch die Sache mit den Seehunden«, begann die Kommissarin und berichtete, was der Mordverdächtige im Verhör ausgesagt hatte.

Mundt lachte und entgegnete: »Das ist irre, warum sollte ich so etwas tun?«

»Thomas Kempe wird durch diese Geschichte den Eindruck verstärken wollen, dass sein Onkel nicht ganz bei Verstand war«, erklärte Mona. »Sie haben also einen solchen Auftrag nie erhalten?«

»Nee, bestimmt nicht. – Und nun ist Schluss mit der Fragestunde. Meine Anwältin hat mir eingeschärft, dass ich gar nicht mit Ihnen reden soll, wenn sie nicht anwesend ist.«

»Gehen Sie erst mal frühstücken, vielleicht überlegen Sie es sich noch anders«, meinte Mona zum Abschied.

Nachdem die beiden die Pension wieder verlassen hatten, sagte sie zu Enno: »Ein Glück, dass Mundt anfangs zu verkatert war, um sofort dichtzumachen. Wenn er gleich an die Ermahnung von Frau Dr. Stiller gedacht hätte, wäre die Befragung anders ausgegangen.«

»Hältst du ihn für glaubwürdig, Mona?«

»Der Auftrag mit den angemalten Seehunden existiert nur in Thomas Kempes Fantasie, so viel steht für mich fest. Und das nächtliche Treffen zwischen Mundt und unserem Mordverdächtigen? Ich weiß nicht, was ich davon halten soll.«

Die Kommissare beschlossen, zunächst weiter nach Zeugen Ausschau zu halten. Doch ein befriedigendes Ergebnis blieb aus. Darüber wunderte Mona sich eigentlich nicht. Weder Mundt noch

Thomas Kempe waren vom Äußeren her so ungewöhnlich, dass man sich auf Anhieb an sie erinnerte. Hinzu kam, dass sie sich auf einer Urlaubsinsel befanden. Die meisten Menschen wollten sich entspannen und ausruhen. Da konnte man nicht erwarten, dass sie ihre Umgebung genau beobachteten. Auf jeden Fall hatten die Ermittler an diesem Tag kein Glück bei ihrer Suche.

Gegen 13 Uhr sagte die Kommissarin: »Lass uns noch etwas essen, bevor wir selbst Ansgar Kempe und seinem Strafverteidiger zum Fraß vorgeworfen werden.«

»So verzagt kenne ich dich ja gar nicht – ansonsten bin ich mit der Idee natürlich einverstanden«, erwiderte Enno.

Sie gingen zu ihrem Stammlokal *Knurrhahn*, wo Mona ihren üblichen Poseidonsalat bestellte und ihr Kollege Appetit auf Seelachsfilet mit Bratkartoffeln hatte. Während sie auf das Essen warteten, meinte die Kriminalistin: »Ich bin eigentlich nicht verzagt, sondern nur etwas ratlos. – Wir sind uns sicher einig darüber, dass sowohl Ansgar Kempe als auch sein Sohn und seine Schwiegertochter ein Motiv hatten, Volker Kempe ins Jenseits zu befördern. Aber diesmal liegen die Dinge etwas anders als bei unseren anderen Mordfällen. Wir können nur darüber spekulieren, was für eine Mordwaffe verwendet wurde. Eine Spritze oder ein Dorn? Oder irgendein anderer spitzer Gegenstand, den man in Gift getränkt hat? Die Chance, die Waffe noch sicherzustellen, schätze ich gering ein. Und die Tatzeit? Die ist uns nicht wirklich genau bekannt. Eigentlich brauchen wir ein Geständnis. Aber warum sollte sich einer von den dreien zu dem Verbrechen bekennen?«

»Warten wir doch erst einmal ab, was Ansgar Kempe und sein Rechtsbeistand zu sagen haben«, erwiderte der Ostfriese und nahm einen Schluck von seinem alkoholfreien Bier.

Mona erwiderte nichts. Sie spielte in Gedanken immer wieder die Chancen durch, wie man den Täter oder die Täterin überführen konnte.

»Ich hoffe, dass wenigstens das Beweismaterial für den Betrug etwas taugt, Enno. Dann werden sich Vater und Sohn Kempe zumindest dafür vor Gericht verantworten müssen. Und während der Prozess läuft, wird einer von ihnen vielleicht sein Gewissen erleichtern wollen.«

»Alles ist möglich«, erwiderte der Oberkommissar.

»Bist du neuerdings unter die Philosophen gegangen?«, fragte sie und lächelte ihm zu. Er schaffte es mit seiner gelassenen Art immer wieder, ihre Stimmung zu heben.

Nachdem die Kommissare gegessen und gezahlt hatten, kehrten sie zur Polizeistation zurück und gingen in den Verhörraum. Um Punkt 15 Uhr führte Polizeimeister Claas Lammer Ansgar Kempe und Dr. Paul Bahr herein. Der Rechtsanwalt sah nach Monas Meinung mit seinem zweireihigen marineblauen Jackett und grauer Hose sehr hanseatisch aus. Dazu trug zweifellos auch der Aufnäher mit dem Hamburger Wappen auf seiner Brusttasche bei. Er war ein Mann in den Sechzigern mit kurzem grauem Haar. Nachdem die Ermittler sich mit ihm bekanntgemacht hatten, schnarrte der Jurist: »Was genau wird meinem Mandanten vorgeworfen?«

Bevor die Kommissare antworten konnten, fügte Ansgar Kempe hinzu: »Sie wollen ja schon meinen Sohn als Mörder abstempeln. Benötigen Sie vielleicht noch mich als einen Mittäter, um vor Ihrem Chef gut dazustehen?«

»Überlassen Sie mir bitte das Reden, Herr Kempe«, warnte Dr. Bahr. Mona fragte sich, ob die Empörung des Unternehmers gespielt oder echt war. Natürlich war es nicht verwunderlich, dass er bereits von der morgendlichen Befragung wusste. Sein Sohn hatte ihn gewiss sofort angerufen, nachdem die Polizisten ihn gehen lassen mussten.

»Wir versuchen, den Giftmord an Volker Kempe aufzuklären«, gab Enno ruhig zurück, »und dabei müssen wir jedem Verdacht nachgehen. Das Opfer wollte seinen Bruder und seinen Neffen wegen Betrugs anzeigen, daher haben diese beiden Herrn ein überzeugendes Motiv für die Tat.«

Man konnte Ansgar Kempe ansehen, dass er am liebsten eine scharfe Antwort gegeben hätte. Aber diesmal beherrschte er sich und blickte zur Seite.

»Gibt es für diese sogenannten Betrugsdelikte auch nur den geringsten Beweis?«, fragte der Anwalt. Seine Stimme klang so kalt, als ob er den Wetterbericht eines Frosttages vorlesen würde.

»Das können wir nicht beurteilen«, erwiderte Mona, wobei sie möglichst unschuldig auszusehen versuchte, »deshalb haben wir die Unterlagen den Kollegen vom Dezernat Wirtschaftskriminalität in Hamburg überlassen. Fest steht, dass die Papiere von Volker Kempe versteckt wurden, bevor ihn das Gift aus dem Leben riss. Wir sind

Hinweisen nachgegangen, dass er seine Ermordung vorausgesehen und daher die Beweise in Sicherheit gebracht hat. Aber für die Analyse sind die Spezialisten in Hamburg zuständig.«

Enno ergänzte: »Zumal die Straftaten – falls es sie gegeben hat – vermutlich an der Elbe und nicht auf Borkum begangen wurden.«

Mona beobachtete weiterhin Ansgar Kempe. Er war zweifellos ein Mann, der im Geschäftsleben gelernt hatte, seine Gefühle im Zaum zu halten. Und doch hätte sie schwören können, dass er nun beunruhigt war. Ob er wirklich gehofft hatte, die belastenden Papiere vor den Behörden zu finden? Und – belastete der Betrugsvorwurf ihn mehr als der Tod seines eigenen Bruders? Sie beschloss, ihn aus der Reserve zu locken: »Übrigens habe ich eine gute Nachricht für Sie, Herr Kempe. Die Dame, mit der sich Ihr Bruder getroffen hat, war keineswegs eine Edelprostituierte. Sie ist vielmehr eine Kollegin von Herrn Dr. Bahr. Wir haben sie inzwischen als Dr. Stefanie Stiller identifiziert.«

Diese Information schien beide Herren zu überraschen. Der Anwalt horchte auf. Er sagte: »Ich kenne Frau Dr. Stiller, sie ist in der Tat eine hochkarätige Juristin.«

Enno wandte sich an Ansgar Kempe: »Ihr Bruder wollte die Rechtsanwältin damit beauftragen, sein Testament zu verfassen und gegen Sie und Ihren Sohn eine Strafanzeige wegen Betrugs zu stellen.« Mona fragte sich, ob Dr. Bahr an seinem Mandanten zu zweifeln begann. Der Strafverteidiger hielt offenbar große Stücke auf seine Anwaltskollegin. War es für ihn vorstellbar, dass Dr. Stefanie Stiller in einer aussichtslosen Sache tätig wurde? Die Kommissarin hätte zu gern gewusst, was in diesem Moment im Kopf des Juristen vor sich ging. Ansgar Kempe würde ihm zweifellos von dem Betrugsverdacht berichtet, diesen aber als Hirngespinst abgetan haben. Ob Dr. Bahr diese Version immer noch glaubte?

»Ansgar Kempe hat sich nichts zuschulden kommen lassen, die Vorwürfe durch seinen verstorbenen Bruder sind völlig aus der Luft gegriffen«, sagte der Anwalt. Es klang nicht so, als ob er diese Worte selbst glauben würde.

Mona beugte sich vor und fragte: »Herr Kempe, als wir erstmals mit Ihnen sprachen, haben Sie uns verschwiegen, dass Ihr Sohn und Ihre Schwiegertochter bereits auf Borkum sind – und zwar, um nach Ihrem Bruder zu suchen!«

»Ich habe es nicht verheimlicht. Ich fand nur, dass es Sie nichts angeht«, gab der Verdächtige abweisend zurück.

»Sie haben von uns erfahren, dass Volker nicht mehr lebt. Da hätte doch jedes Detail im Zusammenhang mit seinem Tod wichtig sein müssen«, gab Enno zu bedenken.

»Das unerwartete Ende seines Bruders hat Herrn Kempe aus der Bahn geworfen«, behauptete der Anwalt, »nur aus diesem Grund hat er über diesen Punkt nicht geredet. – Ich möchte übrigens noch einmal mit meinem Mandanten unter vier Augen sprechen.«

Das war natürlich sein gutes Recht. Die Kommissare verließen den Verhörraum und nutzten die Unterbrechung für eine kurze Teepause. Mona schaute ihren Kollegen prüfend von der Seite an.

»Warum lächelst du so verschmitzt?«, wollte sie wissen.

»Ich könnte mir vorstellen, dass Dr. Bahr kein Interesse daran hat, mit einem aussichtslosen Rechtsstreit seinen Ruf zu ruinieren. Außerdem hassen die meisten Anwälte es, wenn ihre Mandanten sie anlügen.«

»Du meinst, Ansgar Kempe hätte seinem Strafverteidiger besser gebeichtet, dass er ein Betrüger ist?«

Enno nickte und erwiderte: »In dem Fall hätte er wahrscheinlich eine komplett andere Strategie entwickelt. Dr. Bahr hält sehr viel von Frau Dr. Stiller, da sind wir uns wohl einig. Es hat ihn sehr nachdenklich gemacht, dass Volker Kempe mit ihr gemeinsam gegen seinen Mandanten vor Gericht ziehen wollte.«

»Über das Betrugsdelikt müssen wir uns nicht den Kopf zerbrechen, das können wir getrost den Hamburger Kollegen überlassen«, meinte Mona. Sie fragte: »Glaubst du, dass Ansgar Kempe etwas mit dem Tod seines Bruders zu tun hat?«

»Im Gegensatz zu seinem Sohn war er nicht vor Ort, soweit wir wissen«, erinnerte der Ostfriese. Er fügte hinzu: »Ich halte Ansgar Kempe für einen Menschen, der sich nicht selbst die Finger schmutzig macht, sondern Handlanger anheuert. So gesehen ist sein Sohn immer noch unser Verdächtiger Nummer eins.«

»Was ja das Opfer schon prophezeit hat«, gab Mona seufzend zurück. Sie sprach einen anderen Punkt an: »Es kam mir vorhin so vor, als ob Mundt uns etwas Entscheidendes verschweigen würde. Dieser Typ hat es faustdick hinter den Ohren. Wir sollten nicht den Fehler begehen, ihn zu unterschätzen. Er führt etwas im Schilde, da bin ich mir sicher. Was bewog ihn dazu, umgehend Dr. Stefanie

Stiller als Rechtsbeistand anzuheuern? Nur, weil er befürchtete, als Vorbestrafter in unsere Schusslinie zu geraten? Das ist mir zu kurz gesprungen. Ich bin sicher, dass er noch mehr vorhat und sich dafür juristische Rückendeckung holen wollte.«

»Ja, das ist eine gute Überlegung«, lobte der Oberkommissar. Die beiden konnten noch ihren Tee austrinken, dann wurden sie zurück in den Verhörraum gerufen. Dort saß Ansgar Kempe jetzt allein.

»Dr. Bahr hat sein Mandat niedergelegt«, knurrte er, ohne dass die Ermittler von ihm eine Erklärung verlangt hätten. Er ergänzte: »Dieser Feigling ist wohl der Meinung, dass Ihre Ermittlung ihm zu heiß wird. Er hat mir geraten, einen anderen Strafverteidiger zu beauftragen. Aber wenn das wieder so eine Flasche ist, dann kann ich darauf dankend verzichten. Ich spreche lieber für mich selbst.«

»Wie Sie wünschen«, erwiderte Mona. Sie versuchte, sich ihre Schadenfreude nicht allzu stark anmerken zu lassen. Die Ermittlerin fragte: »Wir müssen wissen, wo Sie sich vom 12. September bis zu dem Zeitpunkt aufgehalten haben, als wir Sie vom Tod Ihres Bruders unterrichteten.«

Kempe erwiderte: »Sie trauen mir wirklich zu, Volker umgebracht zu haben, oder? Mir soll es recht sein, denn ich habe zahlreiche Augenzeugen aus meinem Betrieb und dem privaten Umfeld, die mich während dieser Tage getroffen haben.«

»Schreiben Sie bitte die Namen auf.«

Mit diesen Worten schob Mona einen Notizblock und einen Kugelschreiber zu dem Verdächtigen hinüber. Er begann auf das Papier zu kritzeln. Es wurde eine lange Liste. Die Kommissarin schaute ihm zu.

»Wie ist Ihr Bruder eigentlich so geizig geworden?«

Sie hätte selbst nicht sagen können, warum sie diesen Satz von sich gegeben hatte. Sie folgte damit jedenfalls nicht einer speziellen Verhörtaktik, um Kempe beispielsweise zu verwirren. Wahrscheinlich wurde sie von purer Neugier angetrieben. Der Verdächtige ließ den Stift sinken und schaute die Kriminalistin verblüfft an: »Ich weiß es nicht, Frau Sander. Volker war schon immer so, schon als Kind. Wir haben nie Not gelitten, es hat uns an nichts gefehlt. Unsere Eltern haben darauf geachtet, keinen von uns Brüdern zu bevorzugen. Es wurde immer alles gerecht geteilt. Trotzdem hatte Volker immer das Gefühl, zu kurz zu kommen.«

»Interessierte er sich später nicht für Ihr Unternehmen, um dort wie Sie zu arbeiten?«

»Er war ja stiller Teilhaber, hat sein Erbe in die Firma investiert. Von den jährlichen Ausschüttungen konnte man gut leben, wenn man so bescheidene Ansprüche hatte wie mein Bruder.«

Ansgar Kempes verächtlicher Unterton entging Mona nicht. Sie sagte: »Haben Sie etwas von seiner Liebelei mitbekommen, die zu seiner Borkumreise führte?«

»Ob ich …? Nein, ich habe keine Zeit, mich um solche Gefühlsduseleien zu kümmern. Während Volker einfach nur abkassierte, musste und muss ich hart arbeiten, um unseren Wohlstand zu sichern. – Ich ahne, was Sie hier beabsichtigen, Frau Sander. Sie wollen mich einwickeln, damit ich mich unabsichtlich verrate. Aber das wird nicht passieren. Und wissen Sie, warum nicht? Weil ich Ansgar *nicht* auf dem Gewissen habe.«

Mona ging nicht auf die Behauptung ein. Sie entgegnete: »Vervollständigen Sie bitte Ihre Angaben.«

Er senkte wieder den Blick auf den Notizblock. Als er mit der Aufgabe fertig war, stand die Kommissarin auf und sagte: »Wir werden jetzt mit diesen Personen telefonieren. Ich lasse Ihnen währenddessen Tee oder Kaffee bringen. – Möchten Sie auch etwas essen? Die Jagdwurststullen meiner Kollegin Grietje Smit sind legendär.«

»Nein, danke«, gab Ansgar Kempe eisig zurück.

Mona und Enno teilten sich die Namen auf, die der Verdächtige zu Papier gebracht hatte. Schon bald zeigte sich, dass er tatsächlich ein lückenloses Alibi vorweisen konnte. Thomas und Bettina Kempe waren zur fraglichen Zeit auf der Insel gewesen, Ansgar Kempe aber nicht. Dieses Ergebnis konnte der Verdächtige offenbar von Monas Gesicht ablesen, als sie erneut den Verhörraum betrat.

»Sie wissen jetzt, dass ich unschuldig bin, nicht wahr?«

Die Kommissarin ging nicht auf die hämische Bemerkung ein. Stattdessen fragte sie: »Was hätte Mundt von Ihrem Sohn fordern können?«

»Wie meinen Sie das?«

Ansgar Kempe klang nun nicht verärgert, sondern überrascht.

»Wenn Sie Ihren Bruder nicht vergiftet haben, muss es logischerweise jemand anders gewesen sein«, stellte Mona klar und fuhr fort:

»Realistisch betrachtet kommen nur Ihr Sohn und Ihre Schwiegertochter infrage. Mundt war zur fraglichen Zeit in Hamburg, genau wie Sie selbst.«

»Dann wird er einen Komplizen geschickt haben!«, grollte Ansgar Kempe.

»Hören Sie doch endlich mal mit diesem ›großen Unbekannten‹ auf!«, fauchte Mona. »Hören Sie sich eigentlich selbst zu? Wer soll das sein? Ein Auftragskiller, der von einem armen Schlucker wie Mundt angeheuert wird? Oder eine andere Person, die mit Ihnen noch ein Hühnchen zu rupfen hat? Wenn Sie uns einen Namen nennen können – nur zu! Nach unseren Erkenntnissen hatte Mundt auf Borkum nur Kontakt zu seiner Anwältin und zu Ihrem Sohn, was dieser aber leugnet.«

Darauf entgegnete Ansgar Kempe nichts. Er starrte ins Leere. Die Kommissarin konnte seine innere Zerrissenheit gut nachvollziehen, obwohl sie selbst keine Kinder hatte. Und sie fragte sich ernsthaft, ob sie und Enno die ganze Zeit über von falschen Voraussetzungen ausgegangen waren. Ansgar Kempes Rolle in dem Betrugsfall würde die Hamburger Polizei untersuchen, darum mussten sich die Borkumer Ermittler nicht kümmern – aber gab es wirklich einen überzeugenden Hinweis darauf, dass er für seinen eigenen Bruder einen Mordauftrag erteilt hatte? Und – würde er dafür wirklich seinen eigenen Sohn gewonnen haben? Ansgar Kempe verfügte über genügend Geldmittel, um einen sehr diskreten Profi anzuheuern, der für den Mord an Volker Kempe einflog und nach wenigen Stunden auf Nimmerwiedersehen verschwand. Thomas Kempe musste hingegen ganz automatisch ins Visier der Polizei geraten, was ja auch geschehen war. Er befand sich auf Borkum, und der aufzudeckende Betrugsfall würde sein Leben nachhaltig zerstören.

»Mundt ist ein rachsüchtiger Dreckskerl, das muss Ihnen doch klar sein«, sagte Ansgar Kempe nach mehreren Minuten des Schweigens. »Mein Bruder verfügte über wenig Lebenserfahrung. Nur so ist zu erklären, dass er diesen Verbrecher kontaktierte, was ich überhaupt nicht nachvollziehen kann. Für Mundt muss dieser Anruf eine Steilvorlage gewesen sein. Er bekam nun die Chance, sich auf raffinierte Weise an meiner Familie zu rächen. Volker ist bereits tot, und bei uns anderen wird er nachhaltig den Ruf ruinieren. Selbst wenn diese absurde Betrugsgeschichte mit einem Freispruch endet, werden die Medien sich wie die Geier darauf stürzen. Sie wissen doch, wie so etwas abläuft: Ein Zweifel bleibt stets zurück. Und wenn uns wegen einer solchen Verleumdung reihenweise die Kunden weglaufen, hat Mundt sein Ziel erreicht, ohne nur eine weitere Straftat begehen zu müssen.«

Bevor die Kommissare auf Ansgar Kempes Worte eingehen konnten, riss Grietje die Tür zum Verhörraum auf.

»Das ist jetzt wirklich unpassend!«, rief Mona.

Die Polizeimeisterin ging nicht auf ihre Worte ein. Sie wandte sich an den Verdächtigen: »Bettina Kempe ist doch Ihre Schwiegertochter, oder?«

»Ja, das stimmt.«

»Sie hat angerufen, es gab einen Überfall auf das Ferienhaus. Eine Streife ist bereits auf dem Weg dorthin.«

Kapitel 18

Ansgar Kempe sprang auf, aber die Kommissarin hielt ihn zurück: »Sie bleiben bitte hier, das ist eine Polizeiangelegenheit!«

»Auf gar keinen Fall werde ich die Hände in den Schoß legen, während ein Familienmitglied in Gefahr ist!«, widersprach er.

»Grietje, dein Funkgerät!«, forderte Mona. Die Polizistin warf es zu ihr hinüber. Die Kriminalistin nahm Kontakt mit den Kollegen auf, die Bettina Kempe zu Hilfe geeilt waren.

»Aiske, seid ihr schon vor Ort?«, wollte sie von der uniformierten Kollegin wissen. Im Hintergrund war ein leises Schluchzen zu hören. Außerdem knirschte es – so, als ob jemand über Glasscherben laufen würde.

»Ja, Mona.«

»Gib mir bitte einen kurzen Lagebericht.«

»Die Frau ist nur leicht verletzt, scheint unter Schock zu stehen. Hauke durchsucht die übrigen Räume. Und – es gibt einen Toten. Am besten verschaffst du dir selbst einen Überblick.«

»Das werde ich tun. Bis gleich.«

Mit diesen Worten beendete die Kommissarin den Funkkontakt. Sie wandte sich an Ansgar Kempe: »Ihrer Schwiegertochter geht es offenbar den Umständen entsprechend gut. Herr Moll und ich müssen natürlich trotzdem herausfinden, was genau sich ereignet hat. Sobald ich Einzelheiten weiß, melde ich mich bei Ihnen – versprochen. Aber Sie können nicht mitkommen. Das Ferienhaus ist jetzt ein Tatort, da haben Zivilisten nichts verloren.«

Er schien zu überlegen, ob weiterer Protest Sinn hätte. Dann nahm er wieder auf dem Stuhl Platz und sagte: »Na schön, ich will nicht querschießen. Aber informieren Sie mich bitte umgehend.«

»Ja, das machen wir. – Grietje, du behältst den Herrn bitte im Auge.«

»Ich werde ihn mit meiner Gesellschaft erfreuen«, versprach die Polizeimeisterin mit den Wuschelhaaren.

Die Kriminalisten machten sich umgehend auf den Weg zur Straße Am Westkaap. Mona überlegte, ob sie das Verbrechen hätte verhindern können. Gleichzeitig wurde ihr bewusst, wie sinnlos solche Grübeleien waren. Sie wusste ja noch gar nicht, was genau sich dort überhaupt abgespielt hatte. Ein Überfall bei Tageslicht, mitten in einer Wohnstraße im friedlichen Borkum? Das war auf jeden Fall ungewöhnlich. Aber in diesem vertrackten Fall passte irgendwie nichts in die gewohnte Alltagsroutine.

Schon bei der Annäherung an das schicke Ferienhaus wurde klar, dass sich hier etwas Dramatisches zugetragen haben musste. Und dies ließ sich nicht nur aus dem Streifenwagen schlussfolgern, der mit rotierendem Blaulicht auf dem Dach vor dem Grundstück stand. An einer Schmalseite des Hauses war ein Fenster eingeschlagen worden, und zwar von außen. Zumindest lagen keine Glasscherben draußen vor der Wand, das konnten die Ermittler deutlich sehen. Die Haustür war nur angelehnt. Mona spürte ein Gefühl der Beklemmung, das sie immer überkam, wenn sie einen Tatort betrat. Im Wohnzimmer hockte Bettina Kempe auf einem Sessel. Sie hatte sich vornübergebeugt, als ob sie unter Magenschmerzen leiden würde und eine erträgliche Körperhaltung suchte. Das Gesicht war hinter den Handflächen verborgen, ihre Schultern zuckten. Das schluchzende Geräusch, das Mona über Funk gehört hatte, stammte zweifellos von ihr. Weitere Anwesende waren die Polizisten Aiske Berend und Hauke Knudsen. Beide nickten den Ermittlern zu.

»Es sind keine weiteren Personen im Haus«, sagte der junge Kollege. Er schränkte ein: »Zumindest keine lebenden.«

Mit diesen Worten deutete er auf den Körper, der bewegungslos auf dem Boden lag. Bei der Person handelte es sich eindeutig um Holger Mundt. Er hatte eine blutige Wunde an der Schläfe, neben ihm lag eine Bronzestatue, die offenbar den Meeresgott Poseidon darstellen sollte. Neben seiner rechten Hand erblickte Mona ein langes Messer auf dem Boden.

»Dr. Siemers ist schon auf dem Weg hierher«, sagte Aiske Berend. Für die Kommissarin stand fest, dass der Arzt nur noch den Tod des Erpressers würde feststellen können. Sie musste keine Medizinerin sein, um zu erkennen, dass für Mundt jede Hilfe zu spät kam. Mona ging zunächst in den Hauswirtschaftsraum hinüber, durch den der Eindringling offenbar hereingekommen war. Dort lagen zahlreiche Glasscherben auf dem Fußboden. Die Kommissarin hob eine davon auf und schnitt sich prompt in den Finger. Die Wunde war allerdings nicht sehr tief. Sie ging zurück in den Wohnbereich und überlegte, wie der Überfall abgelaufen sein konnte. Später würde sie Bettina Kempe befragen, aber es war besser, sich zunächst einen eigenen Eindruck zu verschaffen. Sie hatte schon einen bestimmten Verdacht, der aber noch sehr vage war. Mona näherte sich der Leiche, machte dabei Fotos von Mundts Schuhsohlen sowie von seiner Kleidung. Enno unterhielt sich leise mit Hauke Knudsen. Wenig später betrat der Arzt das Ferienhaus. Die Kommissarin begrüßte ihn und sagte: »Untersuchen Sie bitte zunächst die Frau, der Mann läuft Ihnen ja nicht mehr weg.«

»Das ist mir bewusst, Frau Sander«, erwiderte Dr. Siemers mit einem schiefen Lächeln. Dann ging er zu Bettina Kempe hinüber und sprach sie an. Die Frau trug einen orangefarbenen Jogginganzug. Während der Arzt sich um sie kümmerte, tauschte Mona ihre Gedanken mit Enno aus: »Ich glaube, wir sind der Lösung des Rätsels jetzt ein gutes Stück näher gekommen. Aiske soll nachher die Fingerabdrücke von Bettina Kempe nehmen. Die Prints von Holger Mundt können wir aus Hamburg anfordern, er wird ja bei seiner Verurteilung wegen Erpressung dort erkennungsdienstlich behandelt worden sein.«

»Du hast einen bestimmten Verdacht, nicht wahr?«, flüsterte er seiner Kollegin lächelnd zu.

»Es fehlen noch einige Puzzleteile, aber ich bin jetzt sehr optimistisch«, erwiderte Mona. Sie schaute sich im Haus um, wo sie einen bemerkenswerten Fund machte. Sie winkte Aiske zu sich heran: »Dieses Handtuch sicherst du bitte als Beweisstück, aber lass es Bettina Kempe nicht sehen. Am besten legst du es direkt in den Streifenwagen.«

»Wird gemacht«, gab die uniformierte Polizistin zurück.

Mona kehrte ins Wohnzimmer zurück, wo sich der Mediziner an sie wandte: »Die Frau hat nur eine leichte Schnittverletzung an der Stirn erlitten, die von Ihrer Kollegin bereits mit einem Pflaster versorgt wurde. Ansonsten ist sie natürlich von den Ereignissen geschockt, ich habe ihr ein leichtes Beruhigungsmittel gegeben. – Jetzt widme ich mich dem Leichnam.«

»Darf ich ihr einige Fragen stellen? Es ist wichtig.«

»Ja, aber fassen Sie sich bitte kurz, Frau Sander.«

Die Kommissarin versprach hoch und heilig, genau dies zu tun. Sie setzte sich zu Bettina Kempe.

»Kann ich mit Ihnen reden?«

»Ja, natürlich, Frau Sander … Ich verstehe, dass Sie Ihre Arbeit machen müssen. Es ist nur so … ich dachte, ich müsste sterben. Und plötzlich … lag er einfach nur da und rührte sich nicht mehr …«

»Wir werden die Ereignisse der Reihe nach durchgehen«, schlug die Ermittlerin vor. »Zunächst möchte ich wissen, wo sich Ihr Ehemann befindet. Mein Kollege konnte ihn nirgendwo im Haus entdecken.«

»Thomas … weiß ja noch gar nicht, was geschehen ist. Als er vorhin nach Ihrer Befragung vom Polizeirevier zurückkehrte, fühlte er sich nicht gut. Es hat ihn tief getroffen, dass Sie ihn für einen Mörder halten. Er wollte allein an den Strand, um den Kopf frei zu kriegen. Ich weiß nicht, ob Mundt gewartet hat, bis Thomas weggeht …«

»Das werden wir noch herausfinden«, versicherte Mona. Sie bat Enno, den Ehemann und auch den Schwiegervater anzurufen und sie zu beruhigen. Dafür war er die geeignete Person. Dann wandte sie sich wieder Bettina Kempe zu: »Bitte erzählen Sie möglichst genau, was sich ereignet hat, nachdem Sie allein im Haus waren.«

»Ja, ich will es versuchen. – Ich habe aufgeräumt, um mich abzulenken. Plötzlich hörte ich ein Klirren. Im ersten Moment dachte ich, dass der Wind vielleicht einen Ast gegen das Fenster gedrückt hätte. Doch dann stand plötzlich Mundt vor mir. Er hatte offensichtlich gehofft, in ein leeres Haus einzudringen. Er wollte von mir wissen, wo mein Mann sei. Natürlich sagte ich es ihm nicht, obwohl er mich mit einem Messer bedrohte.«

Mona stellte eine Zwischenfrage: »Wo hatte er die Waffe her?«

»Woher …? Er hatte das Messer bei sich, als er ins Haus eindrang.«

»Haben Sie nicht versucht, Hilfe zu holen?«

»Nein, Frau Sander. Ich war zu ängstlich. Mundt zwang mich, mein Handy wegzuwerfen. Er war wie von Sinnen. Er fragte immer wieder nach Thomas. Und trotz meiner Furcht blieb ich stumm. Daraufhin begann er zu reden. Mundt brüstete sich damit, dass er bereits angefangen hätte, den Namen Kempe ›auszuradieren‹. Dieses Wort benutzte er wirklich.«

»Mundt gestand Ihnen den Mord an Volker Kempe?« Die Kommissarin bemühte sich, nicht allzu skeptisch zu klingen. »Obwohl er in Hamburg war, als der Onkel Ihres Mannes starb?«

»Er sprach von einem ›Giftmischer‹, den er hinter Gittern kennengelernt hätte und der ihm noch einen Gefallen schuldete«, behauptete Bettina Kempe. Sie fuhr fort: »Den Namen dieses Mannes kann ich Ihnen leider nicht nennen. Wenn ich es richtig verstanden habe, blieb Mundt extra noch in Hamburg, um sich ein Alibi zu verschaffen. Dann kam er nach Borkum und spielte den Unwissenden.«

»Also drohte er damit, als Nächstes Ihren Mann zu töten?«, hakte Mona nach.

»Ja, und ich sollte auch meinen Schwiegervater unter einem Vorwand ins Ferienhaus bitten«, lautete die Antwort. »Ich suchte verzweifelt nach einem Ausweg. Also tat ich so, als ob ich Ansgar anrufen wollte. In Wirklichkeit begann ich, die Notrufnummer einzutippen. Doch Mundt muss geahnt haben, was ich vorhatte. Er nahm mir das Telefon weg, wollte mit dem Messer auf mich losgehen. Da griff ich mir die Statue und schlug zu. Ich hatte Glück im Unglück, denn ich konnte einen guten Treffer landen. Aber es fühlt sich trotzdem falsch an, einen Menschen getötet zu haben.«

Die Kriminalistin erklärte: »Für mich klingt die gesamte Situation nach Notwehr. Der Täter bedrohte Sie, Ihr Leben stand auf dem Spiel. Sie mussten sich wehren, also nahmen Sie den nächstbesten Gegenstand. Ich vermute, das Abbild des Meeresgottes ist aus massiver Bronze gefertigt.«

»Ja, das ist möglich. Die Skulptur gehört zum Inventar des Ferienhauses«, murmelte Bettina Kempe.

Der Arzt hatte nun seine Untersuchung der Leiche beendet: »Der Tod ist durch einen Schlag mit einem harten Gegenstand eingetreten. Sie haben ja gerade gesagt, dass Sie diese Poseidon-Figur verwendet haben.«

Er deutete auf das Kunstwerk. Hauke Knudsen hatte es bereits in einen Beutel für Beweisstücke gepackt, genau wie das Messer. Mona sagte: »Meine Kollegin muss jetzt Ihre Fingerabdrücke nehmen, Frau Kempe. Das ist notwendig, um sie von denen, die Mundt hinterlassen hat, unterscheiden zu können. Wir müssen dokumentieren, wo genau er sich im Haus aufgehalten hat.«

»Ja, das verstehe ich natürlich«, gab die Frau zurück. Sie schien völlig arglos zu sein, als Aiske Berend mit dem Fingerabdruck-Scanner kam. Enno gesellte sich zu den beiden Frauen.

»Thomas Kempe ist auf dem Weg hierher«, verkündete er.

Mona zeigte auf Bettina Kempes Stirn, die von einem großen Pflaster verunziert wurde: »Wie ist die Verletzung eigentlich entstanden?«

»Das muss passiert sein, als ich mit Mundt gerungen habe«, lautete die Antwort. »Ihre Kollegin hat mir gleich Erste Hilfe geleistet, als sie hier eintraf.«

Hauke Knudsen deckte die Leiche mit einer Plane ab. Dr. Siemers verschwand wieder, nachdem er den Totenschein ausgestellt hatte. Wenig später stürmte Thomas Kempe herein: »Wo ist meine Frau? Wie geht es ihr?«

Die Eheleute fielen einander in die Arme. Mona fragte sich, ob sie soeben Zeugin einer Schmierenkomödie wurde. Doch zumindest Thomas Kempes Besorgnis um seine Gattin schien echt zu sein. Nachdem er das Gesicht seiner Frau mit Küssen bedeckt hatte, deutete er auf den Toten unter der Abdeckung: »Herr Moll sagte mir, dass Mundt hier eingedrungen sein soll. Glauben Sie jetzt endlich, dass ich meinen Onkel nicht ermordet habe?«

»Nein, Sie waren es nicht«, erwiderte die Kommissarin. »Der Fall steht kurz vor der Aufklärung.«

Kapitel 19

Für die Kommissare wurde es noch ein langer Arbeitstag, weil noch einige Informationen eingeholt und zusammengefügt werden mussten. Ansgar Kempe konnte sich immerhin freuen, weil er aus dem Polizeigewahrsam entlassen wurde und zu seinem Sohn und seiner Schwiegertochter gehen durfte. Geduld gehörte nicht zu Monas stärksten Charaktereigenschaften, aber am nächsten Morgen lagen endlich alle Erkenntnisse der Kriminaltechnik vor.

»Lass uns die Dame holen«, sagte die Kommissarin zu ihrem Kollegen.

»Du glaubst nicht, dass sie etwas ahnt, Mona?«

»Ich habe mir gestern jedenfalls viel Mühe gegeben, mir nichts anmerken zu lassen«, erwiderte die Ermittlerin.

Die beiden machten sich auf den Weg zum Ferienhaus. Das eingeschlagene Fenster war noch am Vorabend provisorisch mit einer Pappe verschlossen worden. Und nachdem die Spurensicherung vor Ort gewesen war, hatte das Ehepaar in dem Gebäude auch übernachten können. Die Leiche war ohnehin schon fortgeschafft worden, damit sie im gerichtsmedizinischen Institut Oldenburg obduziert werden konnte – was in diesem Fall eine Routinemaßnahme war, denn an der Todesursache konnte es keinen Zweifel geben.

Aus dem Inneren erklang fröhliche Radiomusik, als Enno auf den Klingelknopf drückte. Das Geräusch kam aus der Küche. Vermutlich saßen die Kempes beim Frühstück. Die Ehefrau öffnete und lächelte den Kommissaren zu. Sie hatte inzwischen das Pflaster auf ihrer Stirn gegen ein kleineres eingetauscht.

»Guten Morgen, haben Sie noch weitere Fragen?«

»Ja, das auch«, erwiderte Mona ernst. »Wir verhaften Sie wegen des Mordes an Volker Kempe und an Holger Mundt. Sie müssen sich nicht selbst belasten und können einen Rechtsbeistand hinzuziehen. Bitte begleiten Sie uns zur Wache.«

»Aber – das kann doch nur ein schlechter Scherz sein!« Bettina Kempes Stimme wurde schrill, als sie fortfuhr: »Der Tod von Holger Mundt war Notwehr, das haben Sie gestern selbst gesagt! Und – warum hätte ich den Onkel meines Mannes umbringen sollen?«

»Das werden wir alles miteinander besprechen«, sagte Enno, doch nun erschien Thomas Kempe auf der Bildfläche.

Er legte schützend den Arm um die Schultern seiner Frau und starrte die Polizisten drohend an: »Sind Sie von allen guten Geistern verlassen? Bettina wird mitten am Tag überfallen, und …«

Die Kommissarin hob die Hand und fiel ihm ins Wort: »Da fängt die Täuschung schon an, Herr Kempe. Mundt hat das Fenster nicht zerschlagen, Ihre Frau hat ihn vermutlich durch die Tür eingelassen.«

Thomas Kempe schaute Mona an, als ob sie den Verstand verloren hätte: »Ich habe doch die Scherben mit eigenen Augen gesehen!«

»Ja, wir ebenfalls«, gab die Ermittlerin zurück. »Und Ihre Frau hat daran gedacht, das Fenster von außen einzuschlagen, damit die Scherben ins Haus fallen und nicht draußen landen. Das wäre zu auffällig gewesen. Allerdings hat sie vergessen, das Handtuch zu entsorgen, mit dem sie das Glas zerstört hat.«

Während die Kriminalistin diese Sätze aussprach, kniff Bettina Kempe für einen Moment die Augen zusammen. Vermutlich ärgerte sie sich gerade über sich selbst. Mona fuhr fort: »Wahrscheinlich hat sie das Frotteetuch um einen harten Gegenstand gewickelt, damit nicht allzu viel Lärm verursacht wurde. Darüber kann ich nur spekulieren. Das Tuch versteckte sie dann im Wäschebehälter, wo ich es fand. Es war mit einigen winzigen Glassplittern gespickt. Die kriminaltechnische Untersuchung wird gewiss zeigen, dass diese Reste von dem eingeschlagenen Fenster stammen. Oder denken Sie, dass Mundt dieses Handtuch im ersten Stockwerk im Bad versteckt hätte? Laut Aussage Ihrer Frau ist er gar nicht über das Erdgeschoss hinausgekommen.«

Der Ehemann bekam den Mund nicht zu. Er betrachtete seine Frau mit einer Mischung aus Erstaunen und Entsetzen. Hatte sie ihn wirklich nicht in ihre Pläne zur Beseitigung von Holger Mundt eingeweiht? Das schien tatsächlich so zu sein, falls es sich bei Thomas Kempe nicht um einen erstklassigen Schauspieler handelte.

Enno ergänzte: »Meine Kollegin hat mich schon gestern darauf hingewiesen, dass weder an den Schuhen des angeblichen Einbrechers noch an seiner Kleidung Glassplitter festzustellen waren. Das ist ziemlich unwahrscheinlich, wenn jemand ein Fenster einschlägt und dann hindurch springt. Gewiss, Mundts Fingerabdrücke waren auf dem Messergriff. Ihre Frau war intelligent genug, die Waffe mit seiner Hand in Berührung zu bringen, als er schon tot war. Aber: So, wie die Abdrücke angeordnet waren, hätte er das Messer niemals sicher halten können. Den Schnitt an der Stirn wird sie sich selbst zugefügt haben.«

»Was für ein haarsträubender Unsinn!«, stieß Bettina Kempe hervor. Sie verschränkte die Arme vor der Brust. »Warum hätte ich das tun sollen?«

»Weil Sie uns einen Sündenbock auf dem Silbertablett servieren wollten«, antwortete Mona, »und nun ist die Stehparty vorbei. Kommen Sie freiwillig mit oder benötigen wir die Handschellen? Ich durchsuche Sie jetzt, verstanden?«

»Machen Sie doch, was Sie wollen«, grollte Bettina Kempe. Immerhin leistete sie keinen Widerstand, als die Kommissarin sie abtastete. Die Verdächtige hatte keine Waffen oder gefährlichen Gegenstände bei sich. Der Ehemann schaute der Prozedur zu, als ob er seinen Augen nicht trauen könnte.

»Tina, was hast du getan?«, fragte er mit tonloser Stimme.

»Gar nichts, das wird sich alles aufklären«, behauptete seine Frau.

Aber Mona und ihr Kollege waren jetzt sicher, auf der richtigen Spur zu sein. Sie führten Bettina Kempe zur Polizeistation und dort in den Verhörraum. Enno belehrte sie über ihre Rechte und fügte hinzu, dass die Befragung als Audiodatei aufgezeichnet wurde. Die Verdächtige verzichtete auf einen Anwalt und schaute die Ermittler herausfordernd an.

Mona sagte: »Ich gebe zu, dass ich schon viel früher auf Sie hätte kommen können. Der Fehler war, dass ich mich zu sehr auf Ihren Ehemann und Ihren Schwiegervater konzentriert hatte. Übrigens hielt auch Volker Kempe Ihren Gatten für seinen zukünftigen Mörder, wussten Sie das?«

»Dieser alte Geizkragen lebte doch in einer Traumwelt«, stieß die Tatverdächtige verächtlich hervor.

»Das mag sein, aber er muss trotzdem geahnt haben, dass jemand aus der Familie ihm ans Leder wollte«, erklärte die Kommissarin. »Vor seinem Tod hinterließ er nämlich der Polizei einen Hinweis, und außerdem versteckte er das Beweismaterial für die Betrügereien an einem sehr guten Platz. Sie haben es offensichtlich nicht gefunden, obwohl Sie verzweifelt danach gesucht haben.«

Der Ostfriese ergänzte: »Gestern Abend erhielten wir einen Anruf aus dem Hamburger Polizeipräsidium. Die Kollegen haben gerade erst mit der Sichtung der Papiere angefangen, sind aber zuversichtlich, dass die Staatsanwaltschaft Ihren Mann und Ihren Schwiegervater wegen Betruges zum Nachteil von Volker Kempe anklagen wird.«

»Wie schön, dann können Sie ja unsere wirtschaftliche Existenz zerstören!«, höhnte Bettina Kempe und warf den Beamten einen zornigen Blick zu.

Mona schüttelte den Kopf und entgegnete: »Das haben die Herren sich selbst zuzuschreiben, aber Sie werden bedauerlicherweise mit in den Abgrund gerissen. Und Sie haben ja sehr viel zu verlieren, nicht wahr? Von Ihrer ehrenamtlichen Arbeit – falls Sie einer solchen überhaupt nachgehen – können Sie nicht leben. Und Ihr Studium der Pharmazie hatten Sie ja zugunsten Ihrer Ehe an den Nagel gehängt. Vermutlich sind auch Laien in der Lage, Rizin selbst herzustellen. Doch als ich Ihre Biografie genauer unter die Lupe nahm, wurde mir klar, dass von allen unseren Verdächtigen Sie am ehesten in der Lage sind, dieses Gift zu produzieren.«

»Zu viel der Ehre, Frau Sander!«

Die Kommissarin erwiderte: »Den Spott können Sie sich sparen. – Hinzu kommt: Ansgar und Thomas Kempe mögen zwar eine gewisse kriminelle Energie besitzen, doch ein Brudermord – oder die Tötung des eigenen Onkels – ist eine sehr schwere Straftat. Sie hingegen sind keine Blutsverwandte, da liegt die Hemmschwelle wahrscheinlich niedriger.«

»Und jetzt kommt garantiert die alte Kamelle, dass Frauen am liebsten mit Gift morden!«, fauchte die Verdächtige.

»In diesem Fall war Rizin wirklich das Mittel der Wahl, weil Sie gewiss hofften, dass ein unbedarfter Arzt bei einem alten Mann wie Volker Kempe eine natürliche Todesursache diagnostizieren würde«, meinte Enno. »Und die Einstichstelle, an der das Gift in seinen Körper gelangte, hätte man durchaus für eine natürliche Verletzung halten können, zum Beispiel durch ein Insekt.«

»Sie beiden haben ja wirklich eine blühende Fantasie«, gab Bettina Kempe mit einem verzerrten Lächeln auf den Lippen zurück. »Sie halten mich für schuldig, weil ich vor Jahren einmal kurz Pharmazie studiert habe. Und nach Borkum bin ich natürlich nicht aus Sorge um einen verwirrten alten Mann gekommen, sondern als eiskalte Mörderin. Aber wie wollen Sie mir das überhaupt beweisen? Wo ist das Gift? Wo ist die Mordwaffe?«

»Mit diesen Einwänden haben wir gerechnet«, antwortete Mona, »und diese Dinge können wir tatsächlich nicht präsentieren. Und doch haben Sie einen entscheidenden Fehler begangen, als Sie in Volker Kempes Pensionszimmer eingedrungen sind.«

»Dort bin ich nie gewesen«, behauptete die Verdächtige.

»Und warum konnten wir dort einen Fingerabdruck von Ihnen sichern?«, fragte die Kommissarin zurück. Sie fuhr fort: »Nach Volker Kempes Tod haben die Kriminaltechniker dort einige Fingerabdrücke nachweisen können, was nicht verwundert, obwohl es zuvor täglich geputzt wurde. Außerdem mussten wir davon ausgehen, dass der Mörder oder die Mörderin alle Hinweise auf sich beseitigt hat. Viele der vorhandenen Spuren gehörten natürlich zum Opfer selbst und zu der Reinigungskraft. Es blieb aber ein einziger Print übrig, der sich nicht zuordnen ließ. Er befand sich an der Tischkante. Dort haben Sie wahrscheinlich zu wischen vergessen, als Sie Ihre übrigen Fingerabdrücke entfernt haben. Als meine Kollegin gestern Ihre Fingerabdrücke nahm, wollte ich diese sofort miteinander vergleichen. Was soll ich sagen? Es gibt eine hundertprozentige Übereinstimmung mit diesem einen Print.«

Damit hatte die Mordverdächtige offensichtlich nicht gerechnet. Sie starrte vor sich hin, ihr Blick war glasig.

»Wollen Sie nicht Ihr Gewissen erleichtern?«, schlug Enno vor.

Ob es an seiner väterlichen Art lag oder ob sie die Aussichtslosigkeit ihrer Lage erkannte, war schwer zu beurteilen. Auf jeden Fall begann Bettina Kempe zu sprechen: »Als Volker Kempe spurlos verschwand, dachten wir uns zunächst nichts dabei. Das hatte der Alte in der Vergangenheit schon öfter getan. Aber als Mundt dann Thomas anrief, wurden wir unruhig. Zunächst fanden wir es fast unglaublich, dass der Onkel meines Mannes sich mit diesem Verbrecher eingelassen hatte. Andererseits wurde Volker Kempe mit den Jahren immer verschrobener. Mundt deutete an, dass er etwas gegen die Familie in der Hand hätte. Mein Schwiegervater stellte fest, dass wichtige Papiere fehlten. Da wir von Mundt wussten, wo sich Volker Kempe aufhielt, reisten wir umgehend nach Borkum.«

»Was hatte Mundt Ihrem Mann zu bieten?«, wollte Enno wissen.

»Er behauptete, das Material wieder zu uns zurückbringen zu können, Herr Moll. Aber wir trauten ihm nicht. Außerdem: Wenn Mundt die Unterlagen gehabt hätte, wären wir durch ihn erpressbar gewesen. Ich glaubte ohnehin nicht, dass er die Papiere wirklich besaß. Volker Kempe wäre nicht *so* irre gewesen, diesem Mann etwas so Wertvolles in die Hände zu geben. Ich hielt es für sinnvoller, Kontakt mit dem Alten aufzunehmen und das Problem endgültig zu beseitigen.«

»Wusste Ihr Ehemann von Ihren Mordplänen?«, fragte Mona direkt.

»Nein, Thomas ist zu weich. Ich beschloss, ihn nicht einzuweihen. Ich fand heraus, wo Volker Kempe auf der Insel wohnte. Das war nicht schwer, ich musste nur im Gastgeberverzeichnis die billigsten Pensionen heraussuchen. Ich kannte ja seinen Hang zum Sparen. Während ich meinen Mann auf eine falsche Fährte setzte, besuchte ich seinen Onkel in der Pension. Dabei achtete ich darauf, dass mich niemand sah.«

»Woher kannten Sie seine Zimmernummer?«, warf der Ostfriese ein.

Die Verdächtige antwortete: »Die wusste ich tatsächlich nicht, aber im *Oude Hus* liegt ja das Gästeverzeichnis für alle sichtbar im Eingangsbereich auf diesem Pult. Ich passte einen günstigen Moment ab, dann musste ich nur einen kurzen Blick darauf werfen. – Volker Kempe schien sich sogar darüber zu freuen, dass ich ihn besuchte. Vermutlich dachte er, dass er von mir nichts zu befürchten hätte.«

Was für eine falsche Schlange!, schoss es Mona durch den Kopf. Sie sagte: »Reden Sie bitte weiter.«

»Ich fragte Thomas' Onkel, was ihn denn auf die Insel verschlagen hätte. Er sprach von einer Erbschaftsangelegenheit, die Sache mit der geplanten Strafanzeige wegen Betrugs kehrte er natürlich unter den Teppich. Da wurde mir klar, dass ich ernst machen musste. Als er zur Toilette ging, durchsuchte ich schnell sein Zimmer. Dort konnte er das Material nicht versteckt haben, so viel stand fest. Also stach ich ihn mit der Nagelfeile, die ich mit dem Gift präpariert hatte. Ich tat so, als wäre es nur eine Ungeschicklichkeit von mir gewesen. Er lachte und sagte, dass es fast gar nicht wehgetan hätte. Bald darauf verabschiedete ich mich. Ich wollte nicht dabei sein, wenn er stirbt.«

Mona fand die herzlose Art, wie die Mörderin über ihre Tat sprach, empörend. Doch ihre Aufgabe war es, so viele Fakten wie möglich über dieses Verbrechen aufzudecken. Die Kommissarin hakte nach: »Hatten Sie keine Sorge, dass die belastenden Materialien in die falschen Hände geraten könnten?«

»Doch, natürlich, Frau Sander. – Es gab ja eigentlich nur zwei Möglichkeiten: Entweder hatte der Alte ein so gutes Versteck gewählt, dass niemand die Papiere fände – auch die Polizei nicht – oder sie befanden sich bereits bei Mundt.«

»Also mussten Sie zu diesem Mann Kontakt aufnehmen, damit Sie sich Gewissheit verschaffen konnten«, stellte die Ermittlerin fest.

Die Mörderin erklärte: »Richtig, ich hatte ihn bereits einmal auf Borkum getroffen und mir vorher zu diesem Zweck ein Wegwerfhandy besorgt. Meinen Mann ließ ich bei diesen Treffen außen vor, weil ich Mundt ein wenig um den Bart ging. Er hatte ja lange im Gefängnis gesessen – und wenn eine Frau ihm schöne Augen macht, dann setzt sein Verstand aus. Das war jedenfalls meine Hoffnung, und es hat ja auch ganz gut geklappt.«

»Davon bin ich überzeugt«, erwiderte Mona trocken. »Also waren Sie es, die ihn nachts in den Dünen treffen wollte?«

»Ja, das war ich. Leider musste ich Sie niederschlagen, als ich sah, dass Sie den Kerl verfolgten. Ich konnte nicht riskieren, mit ihm gesehen zu werden. Das verstehen Sie gewiss, oder?«

»Oh, ich kann einiges einstecken«, fauchte die Kommissarin, »aber warum hat Mundt steif und fest behauptet, sich mit Ihrem Mann verabredet zu haben?«

»Er wollte mich wahrscheinlich decken, er hatte sich wohl ein wenig in mich verguckt.«

Und trotzdem hast du ihn totgeschlagen, sagte Mona in Gedanken zu der Täterin. Sie fragte: »Und wozu sollte die Inszenierung gestern im Ferienhaus dienen?«

Bettina Kempe antwortete: »Es war schon schlimm genug, dass Sie und Ihre Kollegen das Material gefunden hatten und wegen Betrugs ermitteln wollten. Ich musste retten, was zu retten war. Also sorgte ich dafür, dass Thomas nach dem Verhör durch Sie erst mal ein paar Stunden an den Strand ging. Ich lockte Mundt zum Ferienhaus, machte ihm Hoffnungen auf ein Schäferstündchen. Der Trottel erschien, ich erschlug ihn und präparierte alles, um Ihnen eine glaubwürdige Geschichte für den Mord an Volker Kempe zu verkaufen.«

»Das ist ja nun gründlich schiefgegangen«, stellte Enno nüchtern fest.

Die wichtigsten Punkte waren geklärt, und nicht nur die Mörderin wirkte etwas erschöpft. Sie wurde in die Arrestzelle gebracht. Am nächsten Tag sollte sie aufs Festland überstellt werden, wo ein Richter über die Verhängung von Untersuchungshaft entscheiden würde. Inwieweit der Ehemann wirklich nicht in die Mordpläne eingeweiht war, würde sich gewiss noch klären lassen.

»Du wirkst unzufrieden«, sagte der Oberkommissar, als die beiden wieder in ihrem Dienstzimmer waren.

»Ich hätte diese Frau vielleicht früher entlarven können, dann wäre Mundt noch am Leben«, gab Mona zu bedenken.

»Ohne ihren Fingerabdruck wäre ihr Aufenthalt in Volker Kempes Zimmer niemals nachzuweisen gewesen«, erwiderte er, »und nun will ich nichts mehr davon hören. – Komm mit, ich lade dich zum Essen ein.«

»Darf ich bestellen, was ich möchte?«, fragte Mona.

»Sicher, ich bin doch kein Geizhals«, antwortete der Ostfriese lächelnd.

ENDE

Ostfrieslandkrimi-Empfehlungen
des Klarant Verlages

Lernen Sie die Ostfrieslandkrimi-Serie **»Mona Sander und Enno Moll ermitteln«** von **Sina Jorritsma** kennen:

Friesische Inselidylle? Von wegen! Auf der ostfriesischen Insel Borkum lösen Kommissarin Mona Sander und ihr Kollege Enno Moll knifflige Mordfälle. Die emotionale Kommissarin geht bei der Verbrecherjagd gerne ihren eigenen Weg und scheut dabei kein Risiko … Bei der Krimireihe der Autorin Sina Jorritsma ist Hochspannung garantiert!

In der Serie sind bereits folgende Ostfrieslandkrimis erschienen:

»Friesenbraut«, Band 1
Taschenbuch-ISBN: 978-3-95573-557-9
eBook-ISBN: 978-3-95573-556-2

Auf der ostfriesischen Insel Borkum verschwindet eine Braut kurz vor der Eheschließung. Zunächst glauben die Kommissare Mona Sander und Enno Moll noch an einen dummen Streich. Aber wenig später wird das blutverschmierte Brautkleid gefunden. Ist die dunkelhaarige Schönheit einem Gewaltverbrechen zum Opfer gefallen? Die Inselkommissare finden Indizien, die aber nicht zusammenpassen. Hat der undurchsichtige Exfreund der Braut seine Hände im Spiel? Wer war an den geheimen Sex-Spielen im Ferienhaus beteiligt? Und welches Interesse verfolgt der machtbesessene zukünftige Schwiegervater? Dann findet die Polizei eine Leiche – und muss feststellen, dass die Dinge ganz anders sind, als sie auf den ersten Blick scheinen. Die Mörderjagd versetzt nicht nur die friedliche Nordseeinsel in Aufruhr, sondern wird auch zur persönlichen Herausforderung für Mona Sander. Sie wird selbst zur Zielscheibe des Mörders …

»Friesenkreuz«, Band 2
Taschenbuch-ISBN: 978-3-95573-552-4
eBook-ISBN: 978-3-95573-600-2

»Friesenlauf«, Band 3
Taschenbuch-ISBN: 978-3-95573-553-1
eBook-ISBN: 978-3-95573-618-7

»Friesenflirt«, Band 4
Taschenbuch-ISBN: 978-3-95573-542-5
eBook-ISBN: 978-3-95573-541-8

»Friesenwahn«, Band 5
Taschenbuch-ISBN: 978-3-95573-622-4
eBook-ISBN: 978-3-95573-623-1

»Friesenstalker«, Band 6
Taschenbuch-ISBN: 978-3-95573-688-0
eBook-ISBN: 978-3-95573-701-6

»Friesenjuwel«, Band 7
Taschenbuch-ISBN: 978-3-95573-764-1
eBook-ISBN: 978-3-95573-765-8

»Friesenwrack«, Band 8
Taschenbuch-ISBN: 978-3-95573-796-2
eBook-ISBN: 978-3-95573-797-9

»Friesenbarbier«, Band 9
Taschenbuch-ISBN: 978-3-95573-833-4
eBook-ISBN: 978-3-95573-832-7

»Friesenstrand«, Band 10
Taschenbuch-ISBN: 978-3-95573-875-4
eBook-ISBN: 978-3-95573-876-1

»Friesenlist«, Band 11
Taschenbuch-ISBN: 978-3-95573-934-8
eBook-ISBN: 978-3-95573-935-5

»Friesenblues«, Band 12
Taschenbuch-ISBN: 978-3-95573-954-6
eBook-ISBN: 978-3-95573-955-3

»Friesenanker«, Band 13
Taschenbuch-ISBN: 978-3-96586-009-4
eBook-ISBN: 978-3-96586-010-0

»Friesenkoch«, Band 14
Taschenbuch-ISBN: 978-3-96586-105-3
eBook-ISBN: 978-3-96586-106-0

»Friesenwürger«, Band 15
Taschenbuch-ISBN: 978-3-96586-146-6
eBook-ISBN: 978-3-96586-145-9

»Friesentango«, Band 16
Taschenbuch-ISBN: 978-3-96586-164-0
eBook-ISBN: 978-3-96586-172-5

»Friesenbrauer«, Band 17
Taschenbuch-ISBN: 978-3-96586-201-2
eBook-ISBN: 978-3-96586-202-9

»Friesendiebin«, Band 18
Taschenbuch-ISBN: 978-3-96586-276-0
eBook-ISBN: 978-3-96586-277-7

»Friesenpoker«, Band 19
Taschenbuch-ISBN: 978-3-96586-321-7
eBook-ISBN: 978-3-96586-322-4

»Friesenleiche«, Band 20
Taschenbuch-ISBN: 978-3-96586-355-2
eBook-ISBN: 978-3-96586-356-9

»Friesentrick«, Band 21
Taschenbuch-ISBN: 978-3-96586-408-5
eBook-ISBN: 978-3-96586-409-2

»Friesenschatz«, Band 22
Taschenbuch-ISBN: 978-3-96586-450-4
eBook-ISBN: 978-3-96586-451-1

»Friesenmagier«, Band 23
Taschenbuch-ISBN: 978-3-96586-485-6
eBook-ISBN: 978-3-96586-486-3

»Friesenruine«, Band 24
Taschenbuch-ISBN: 978-3-96586-513-6
eBook-ISBN: 978-3-96586-514-3

»Friesenraub«, Band 25
Taschenbuch-ISBN: 978-3-96586-549-5
eBook-ISBN: 978-3-96586-550-1

»Friesenrichter«, Band 26
Taschenbuch-ISBN: 978-3-96586-560-0
eBook-ISBN: 978-3-96586-561-7

»Friesenhummer«, Band 27
Taschenbuch-ISBN: 978-3-96586-614-0
eBook-ISBN: 978-3-96586-615-7

»Friesenkugel«, Band 28
Taschenbuch-ISBN: 978-3-96586-627-0
eBook-ISBN: 978-3-96586-628-7

»Friesendolch«, Band 29
Taschenbuch-ISBN: 978-3-96586-649-2
eBook-ISBN: 978-3-96586-650-8

»Friesengeiz«, Band 30
Taschenbuch-ISBN: 978-3-96586-667-6
eBook-ISBN: 978-3-96586-668-3

Klarant Verlag

Lernen Sie die Ostfrieslandkrimi-Titel des Klarant Verlages kennen und besuchen Sie uns im Internet unter:

www.ostfrieslandkrimi.de

und

www.klarant.de

Sie können dort Näheres über unsere Autorinnen und Autoren erfahren, viele weitere interessante Bücher und eBooks finden und Leseproben herunterladen. Mit dem kostenlosen Newsletter auf

www.ostfrieslandkrimi-lesen.de

erhalten Sie aktuelle Informationen rund um das Verlagsprogramm, wie beispielsweise spannende Neuerscheinungen und Gewinnspiele.